Die Schattenjäger

In Medusas Bann

Andreas Schlüter

Die Schattenjäger

In Medusas Bann

Mit Bildern
von Monika Parciak

TULIPAN VERLAG

Eine haarige Angelegenheit

Der Morgen sollte mit einem leckeren Kakao beginnen. Schon am Abend zuvor hatte ich mich darauf gefreut. Mein Becher mit heißer Milch stand bereit. Es fehlten nur noch drei gehäufte Löffel Kakaopulver. Dazu ein Brot mit fetter Nuss-Nougat-Creme. Lecker! Die Sonne schien, der erste Ferientag stand bevor und ich war mit Olli, meinem besten Freund, verabredet. Ein wundervoller Tag!

Ich war gerade dabei, das Pulver in die dampfende Milch zu rühren, als ich einen entsetzlichen Schrei hörte. Ein Wunder, dass die Fensterscheiben nicht explodierten. Ich kannte diesen Schrei. Der konnte nur von

Doro kommen, meiner kleinen Schwester. Trotzdem hatte ich mich so sehr erschrocken, dass mir die Tasse aus der Hand fiel. Sie zerschellte auf den Küchenfliesen und mein leckerer Kakao floss über den Boden.

»Verdammt!«, fluchte ich.

Meine Mutter stürmte wie eine Rakete den Flur entlang und die Treppe hinauf. Zehn Minuten später stand sie mit der schluchzenden Doro an der Hand in der Küche. »Ricky, zieh dich an, wir müssen zum Friseur!«

Doros Haare waren zerwühlt und trieften vor knallvioletter Farbe. Die Schultern ihres Shirts waren vollgetropft und lilafarbene Rinnsale liefen über ihr Gesicht und vermischten sich mit ihren Tränen.

»Sieht irre aus!«, sagte ich. »Besser als die blonden Locken!«

Ich hatte wohl was Falsches gesagt. Denn Doro heulte los wie eine Sirene.

»Das ist nicht witzig, Ricky!«, schimpfte meine Mutter.

Dabei hatte ich gar keinen Witz gemacht. Meine Schwester sah wirklich besser aus.

»Doro hat die Haartönung, die ich für Oma gekauft habe, mit unserem Shampoo verwechselt«, erklärte Mama.

»Oma will sich so coole lila Haare machen?«, fragte ich.

»Das ist eigentlich ein feines Silbergrau«, verbesserte mich meine Mutter. »Aber wenn man es falsch anwendet, wird es lila.«

»Cool!«, sagte ich. »Wie aus einem Vampirfilm!«

Wieder heulte Doro los.

»Also komm jetzt!«, forderte meine Mutter mich auf. »Ich kann da nichts mehr machen. Da muss eine Friseurin ran. Ich hab angerufen und wir kommen sofort dran. Zieh deine Schuhe an!«

»Wieso muss *ich* zum Friseur, weil Doro lila Haare hat? Ich bin mit Olli verabredet!«

»Weil du für mich etwas aus der Apotheke und der Bibliothek abholen sollst. Ich muss ja schließlich bei Doro bleiben«, erklärte meine Mutter und mahnte, dass ich mich nun endlich auf den Weg machen sollte.

»Oh Mann!«, beschwerte ich mich. Natürlich

vergebens. Es war wie immer: Wenn es um Doro ging, musste alles andere stehen und liegen bleiben.

Wir fuhren also zum Friseur. Während der Fahrt rief meine Mutter die von Olli an, um Bescheid zu sagen, dass ich erst nachmittags kommen konnte. Na toll! Alles nur, weil Doro eine Shampoo-Flasche nicht erkannte!

Das einzig Gute war: Gleichzeitig mit uns hielt ein Mann mit seinem Mountainbike vor dem Friseurladen. Und mit was für einem! Olli und ich haben ja auch welche, aber nicht so tolle. Dieses hier hatte bestimmt mehr gekostet als unsere beiden zusammen! Der reine Wahnsinn!

Es glitzerte in Dunkelblaumetallic. Sofort erkannte ich, dass es die beste Gangschaltung besaß, die es für Mountainbikes gab, und die teuersten Bremsen. Allein der Sattel kostete ein Vermögen.

Der Mann stieg vom Rad und betrat den Friseurladen. Meine Mutter parkte den Wagen. Jetzt erst bemerkte ich, dass dies gar nicht unser Friseur war!

»Unserer hat Urlaub!«, erklärte mir Mama.

Der Laden sah ziemlich alt und verfallen aus. Aber ich musste mir ja zum Glück nicht die Haare schneiden lassen. Für mich gab es fast nichts Langweiligeres! Unendlich lange auf dem Stuhl sitzen, den Kopf ruhig halten und die Augen zusammenkneifen, wenn die Friseurin vorn herumschnippelte. Dabei quasselte sie ohne Unterbrechung und stellte tausend Fragen: wie es in der Schule lief, ob ich gerne las, was ich vom Sport hielt und so weiter. Ich antwortete meist einfach nur: »Hm!«, und hörte gar nicht richtig zu. Lesen konnte man auch nichts, nicht mal Comics, weil man immer den Kopf hochhalten sollte.

Nee, Friseur war nichts für mich. Dann schon lieber zur Apotheke und in die Bibliothek, um die Sachen für meine Mutter abzuholen. Obwohl ich unwillkürlich Herzklopfen bekam. Denn sowohl in der Apotheke als auch in der Bibliothek hatte ich mit Olli ziemlich gruselige Abenteuer erlebt, die wir nur mit Glück überstanden hatten. Aber die Apotheke hatte mittlerweile einen neuen Besitzer

und die Bibliothek eine neue Leiterin. Also bestand keine Gefahr mehr. Hoffentlich.

Als ich fertig war und zum Auto zurückkehrte, stand plötzlich Olli da.

Freudig ging ich auf ihn zu. »Was machst du denn hier?«

»Meine Mutter hat mir erzählt, was ihr vor-
habt«, sagte Olli. »Ist Doro etwa schon da
drinnen?« Dabei machte er ein Gesicht, als
hätte er schon wieder eine seiner dunklen
Vorahnungen.

Ich nickte nur.

»Seid ihr verrückt? Wieso geht ihr dorthin?«, fragte Olli entsetzt.

Ich erklärte ihm, dass der andere Friseur Urlaub machte. Mit einem Mal wurde Olli kreideweiß.

»Urlaub?«, stammelte er. »Wieso denn Urlaub?«

Ich zuckte nur mit den Schultern. Warum sollten Friseure nicht auch mal Urlaub machen?

»Ich soll mir morgen die Haare schneiden lassen!«, flüsterte Olli, als ob es niemand hören durfte. »Dann muss ich ja zu dem hier. Niemals!«

Ängstlich schaute ich zum Friseursalon, in dem gerade meine Schwester saß. Mir war nicht ganz klar, wovor ich Angst hatte. Aber ich war mir ziemlich sicher, dass Olli wieder etwas wusste, von dem ich nicht mal etwas ahnte.

»Wa… was ist denn mi… mit dem Friseur?«, fragte ich.

»Ich war schon mal bei dem«, erklärte Olli, immer noch mit leiser Stimme. »Mein Vater betreut als Tierarzt deren Pferd Poseidon. Deshalb kennt er die beiden alten Friseur-Schwestern.«

»Schwestern?«, fragte ich.

»Stiena und Euralie«, erklärte Olli mir. »Denen gehört die Bruchbude. Dabei haben Mama und Papa mir endlich erlaubt, zu City Haircut zu gehen. Dort gibt's wenigstens Flatscreen, auf dem Zeichentrickfilme laufen oder der Sportkanal. Und nun hat der Urlaub! Sieh dir diesen Laden doch mal an. Außerdem mieft es da drinnen nach Leiche.«

Der Friseursalon sah wirklich sehr alt und heruntergekommen aus. Über der morschen Tür hing ein wackeliges Schild mit dem blöden Namen »Hairlich!«. Olli hatte ja immer düstere Vorahnungen. Aber das Schlimme daran war, dass sie meistens zutrafen. Und prompt steckten wir jedes Mal in einem gefährlichen Abenteuer.

»In dem Laden verschwinden Leute!«, behauptete Olli jetzt.

»Verschwinden?«, fragte ich. »W… w… wie v… ver… verschwinden?«

»Weiß ich nicht«, gab Olli zu. »Fest steht, da gehen Leute rein und kommen nie wieder heraus.«

Glaube ich nicht!, hätte ich ihm am liebsten geantwortet. Aber: Ich glaubte ihm! Und das war das nächste Problem. Ich war der Einzige im Dorf, der Olli glaubte. Alle anderen hielten ihn für einen Spinner. Auch alle in unserer Klasse. Aber ich hatte schon verschiedene Abenteuer mit ihm erlebt. Gruselige Abenteuer, die uns bis heute niemand glaubte. Doch sie waren wahr!

In dem Moment kam meine Mutter aus dem Friseursalon.

Ohne Doro!

Mir stockte der Atem. Olli hatte also recht! In dem Laden verschwanden Menschen! Jetzt hatte es meine Schwester erwischt! Meine Hände wurden schweißnass und mein Herz raste. Was um alles in der Welt war passiert?

Doch die Tür schwang ein zweites Mal auf und Doro kam heraus.

›Gott sei Dank!‹, dachte ich und atmete tief durch.

Meine Schwester ging mir zwar regelmäßig auf den Keks. Aber ganz verschwinden sollte sie trotzdem nicht – zumindest nicht in einem Horror-Friseursalon. Doro hatte nun pechschwarze Haare. Offensichtlich hatte die Friseurin das Lila nicht herauswaschen können und Doros Haare einfach tiefschwarz gefärbt. Ich fand lila schöner. Aber schwarz war immer noch besser als blond.

Meine Mutter winkte mir zu.

»Ich muss los!«, sagte ich zu Olli. »Sehen wir uns heute Nachmittag?«

»Okay!«, antwortete Olli. »Kommst du morgen mit?«

»Wohin?«, fragte ich.

Olli seufzte.

»Na wohin wohl? Zum Friseur. Offenbar hat man eine Chance, nicht zu verschwinden, wenn man zu zweit ist.«

Er zeigte auf meine Mutter und Doro.

»Äh, okay!«, versprach ich. Und bereute es sofort.

Meine Mutter schloss das Auto auf und ich stieg ein. Erst als sie ausgeparkt hatte und

losfuhr, sah ich, dass das teure Mountainbike noch immer vor der Tür stand.

»Ach, Mist!«, sagte ich und schlug mir die
Hand vor die Stirn. »Ich wollte doch den
Mann fragen, was sein Mountainbike gekos-
tet hat. Hab ich ganz vergessen.«

»Welcher Mann?«, fragte meine Mama.

Ich erzählte von dem Radfahrer, der vor ihr
und Doro in den Friseurladen gegangen war.

»Da war kein Mann!«, versicherte mir meine Mutter. »Doro und ich waren die einzigen
Kunden.«

Ich drehte mich um und sah zurück durch
die Heckscheibe. Das Mountainbike stand
immer noch herrenlos vor dem Friseurladen.

Eine gruselige Entdeckung

»Hab ich doch gesagt!«, sagte Olli, als ich ihm am Nachmittag von dem Radfahrer erzählte. »Was ist, machen wir eine kleine Tour?«

»Klar!«

Jeden Morgen fuhren Olli und ich mit dem Rad zur Schule. Auch bei Wind und Regen. Ein großer Teil der Strecke führte durch den Wald. Dort konnten wir nach Lust und Laune durch Pfützen und über schlammige Wege brettern. Manchmal kamen wir in der Schule dreckverspritzt an, wie echte Crossfahrer.

Obwohl wir die Strecke täglich zur Schule und zurück fuhren, machte es uns nichts aus, sie auch in unserer Freizeit zu fahren. Und jetzt in den Ferien sowieso.

Olli brauste wie immer vorneweg und ich jagte hinter ihm her. Er fuhr direkt ins Dorf, und ich freute mich schon darauf, mir ein Eis oder eine Limo zu holen. Aber Olli kam gegenüber dem Friseur zum Stehen. Bevor ich fragen konnte, was das sollte, zeigte Olli zum Laden. Ich sah sofort, was er meinte. Dort stand immer noch das teure Mountainbike.

»Siehst du«, sagte Olli. »Deine Mutter und deine Schwester haben den Mann nicht gesehen. Und er ist auch nicht wieder aus dem Laden herausgekommen. Glaubst du, jemand lässt so ein Mountainbike zurück?«

Das glaubte ich natürlich nicht. Mann, wenn Olli recht behielt, nicht auszudenken! Sollten tatsächlich in dem Friseursalon Leute verschwinden?

»Da!« Olli tippte mich an. »Schau mal!«

Eine junge Friseurin kam aus dem Laden und blieb vor der Tür stehen. Sie sah sich nach beiden Seiten um, als wollte sie die Straße überqueren. Doch dann ging sie auf das Mountainbike zu, hantierte daran herum und trug es in den Laden hinein!

Ich stand mit offenem Mund da und staunte. Doch Olli blieb cool.

»Spurenbeseitigung!«, behauptete er. »Niemand weiß nun, dass der Radfahrer im Friseurladen gewesen ist! Außer uns natürlich. Aber uns glaubt ja keiner.«

Das stimmte. Schon mehrfach hatten wir das Dorf gerettet, ohne dass uns jemand gedankt hätte. Weil niemand davon wusste oder uns glaubte, wenn wir es erzählten. So stand für uns beide sonnenklar fest, auch dieses Geheimnis für uns zu behalten, es aber unbedingt zu lüften. Denn niemand außer uns würde sich sonst darum kümmern.

In dem Moment ging ein junger Mann in dunkelgrauem Anzug und mit Aktenkoffer in der Hand in den Friseurladen. Uns stockte der Atem.

»Ob der jemals wieder herauskommt?«, fragte Olli.

Ich wagte nicht, auf die Frage zu antworten.

»Meinst du, dass der es nötig hat, sich die Haare schneiden zu lassen?«, fragte Olli.

Ich zog die Schultern hoch. »Weiß nicht. Ich finde, du musst auch noch nicht zum Friseur.«

»Stimmt«, pflichtete Olli mir bei. »Aber meine Mutter findet das.«

»Vielleicht hat der auch so eine Mutter«, überlegte ich laut.

Olli lachte. »Das war doch ein Erwachsener!«

Ich zuckte wieder nur mit den Schultern.

Eine halbe Stunde lang ließen wir den Eingang des Friseurladens nicht aus den Augen. Aber niemand ging mehr hinein. Und vor allem: Niemand kam heraus!

»Bei einem normalen Friseur würde er jetzt jeden Moment wieder vor die Tür treten«, bemerkte Olli.

Aber der Mann kam nicht! Nicht nach 45 Minuten und auch nicht nach einer Stunde.

»Wir könnten hineingehen und nachsehen«, schlug ich vor. Und meinte natürlich, *Olli* könnte das tun.

Der quiekte auf. »Tickst du nicht mehr sauber?« Er tippte sich mit dem Finger gegen die Stirn. »Wenn, gehen wir beide. Aber im Moment würde ich davon abraten. Morgen sind wir ja sowieso da!«

»Du willst da morgen wirklich hineingehen?«, fragte ich mit zitternder Stimme.

Olli schüttelte den Kopf. »*Wir* gehen da morgen hinein!«

Ich hatte plötzlich einen trockenen Hals und mir wurde leicht schwindelig. Was hatte ich mir da eingebrockt?

Nach über einer Stunde fuhren wir wieder nach Hause. Der Mann kam nicht mehr aus dem Laden heraus.

Für den Rest des Tages mochte ich nicht mehr an Friseure denken. Im Bett, kurz vor dem Schlafen, las ich noch drei meiner lustigsten Comics, um auf andere Gedanken zu kommen. Aber es funktionierte nicht. Immer wieder musste ich an den Radfahrer, den Mann im grauen Anzug und den Horror-Friseurladen denken. In meiner Vorstellung sah ich Falltüren, Folterbänke und geheime Kerker im Keller. Was geschah in diesem furchterregenden Laden?

Mit dem sicheren Gespür für unpassende Momente kam genau in dem Moment Doro in mein Zimmer geplatzt. Ich war so überrascht, dass ich gar nicht mehr daran dachte, dass sie nicht mehr blond war. Für mich stürzte also ein schwarzhaariges fremdes Wesen herein. Ich schrie auf und wäre fast aus dem Bett gefallen. Dadurch erschreckte sich Doro wiederum so sehr, dass sie ihrerseits aufschrie. Es dauerte eine Weile, ehe wir uns erkannten und sahen, dass eigentlich gar nichts los war.

»Mann!«, fauchte ich sie an. »Was tust du hier?«

»Hast du einen Spiegel?«, fragte sie mich. »Ich kann meinen nicht finden.«

Ich zeigte zur Wand neben dem Kleiderschrank, wo ein Spiegel hing. Der war allerdings zugehängt mit einem Ballnetz, einem Schwert, einem Lenkdrachen, etlichen im Rahmen eingeklemmten Eintrittskarten, Sammelbildern und Notizzetteln. Doro guckte deshalb auch gar nicht erst hin.

»Ich meine einen Handspiegel. Ich will sehen, ob ich auch hinten Glitzer habe!«

Sie drehte sich um. Jetzt erst sah ich, dass sie ihre neuen schwarzen Haare mit violetten und goldenen Glitzerschnipseln bestreut hatte.

»Was soll das denn?«, fragte ich.

»Die Glitzer hat die Friseurfrau mir geschenkt. Ist hinten was drauf?«, fragte Doro.

»Ja, ja«, antwortete ich, ohne hinzuschauen.

Doro ging zurück in ihr Zimmer, und ich träumte in der Nacht, dass sich die Glitzerschnipsel in Funken verwandelten und Doros Kopf brannte. Mein Traum wirkte so echt, dass ich mich am nächsten Morgen beim Frühstück einen Moment lang wunderte, dass Doro keinen verkohlten Schädel hatte.

Und dann war es so weit: Olli klingelte an der Haustür. Sein Termin beim Friseur stand bevor. Wir beide waren noch nie so langsam ins Dorf gefahren. Trotzdem kamen wir natürlich irgendwann an. Als wir unsere Räder anschlossen, dachten wir an das Super-Mountainbike des verschollenen Mannes.

»Wenigstens bin ich nicht allein«, sagte Olli. »Wenn ich verschwinde, kannst du bezeugen, dass ich hier war!«

»Und wenn ich auch verschwinde?«, fragte ich.

Olli sagte nichts darauf, sondern atmete tief durch, öffnete die Tür zum Friseursalon und trat langsam über die Schwelle. Ich schlich hinterher und hoffte, so unauffällig zu sein, dass mich niemand wahrnahm.

Olli hatte nicht übertrieben. Eine solch verfallene, stinkende Bruchbude hatte ich vorher noch nie gesehen. Als ich die quietschende Tür hinter mir schloss, rieselte feiner Sand von der Decke. Der Boden klebte und war übersät mit violettem Glitzer, wie Doro ihn in ihren Haaren hatte. Überall hingen dick verstaubte Spiegel. Die Trockenhauben schienen von Schlangen an den Wänden gehalten zu werden. Die in die Decke eingelassenen roten LEDs wirkten wie blutige Augen. Das Schaufenster war mit alten, schweren Vorhängen verhüllt, die wohl mal dunkelrot gewesen waren. Jetzt sahen sie eher bräunlich schwarz aus und dunkelten den Innenraum ab wie eine Gruft. In zwei Wandlampen flackerten Glühbirnen mit künstlichem Feuer.

Aber was die beiden Friseurinnen anging, lag Olli komplett falsch. Statt zwei alter Schwestern kam wieder die junge, gertenschlanke Frau vom Vortag aus dem Hinterzimmer. Sie hatte schimmerndes Haar mit dicken Rastalocken, deren Farbe man aber gar nicht richtig ausmachen konnte. Mal schien es Metallicgrün, dann wieder Dunkelblau, im nächsten Moment pures Schwarz zu sein. Soweit man das überhaupt erkennen konnte, denn das meiste Haar verbarg sie unter einem Piratenkopftuch.

Für eine Friseurin war das etwas eigenartig. Aber mir gefiel es. Ihre Lippen waren knallrot angemalt, ihr Gesicht mit einer dicken Schminkschicht überzogen. Nur die Augen waren mit einer verspiegelten Sonnenbrille verdeckt.

»Hallo!«, hauchte sie mit der Sanftheit einer Harfe. »Ich bin deine Friseurin: Magdalena Emilia D. aus den USA!«

Ihren Nachnamen sprach sie sehr merkwürdig aus. So wie coole DJs es tun würden: »Di point! Magdalena Emilia Di point.«

»Ich bin Olli!«, sagte Olli. Seine Stimme klang wie von jemandem, dem man gerade die Kehle zudrückte. »Und das ist mein Freund Ricky.«

»Umpfs!«, sagte ich nur. Denn ich musste zugeben: Die Frau wirkte echt megacool. Hätte man ihr ein paar Waffen umgeschnallt, wäre sie gut als Heldin in einem dieser Computerspiele durchgegangen, die Olli und ich noch nicht spielen durften, aber die wir selbstverständlich kannten. Ich fand die Frau superschön, was ich natürlich niemals laut gesagt hätte. Ich glaube, Olli auch. Was er natürlich noch weniger zugegeben hätte als ich.

»Kannst du mir bitte die Sprühflasche reichen?«, fragte sie mich. Mit einer Stimme wie ein Schokoladenüberzug auf Marzipaneis.

»Umpfs«, gurgelte ich und reichte ihr die Flasche von einem kleinen Tischchen.

»Sind Frau Stiena und Frau Euralie gar nicht da?«, brachte Olli heraus. Ich sah, wie seine Hände zitterten, die er auf die Stuhllehnen abgelegt hatte.

»Meine beiden großen Schwestern sind zum Reiturlaub«, erklärte Magdalena. »Ich helfe hier im Laden aus. Und ihr?«

»Fe… Fe… Ferien«, stotterte ich.

»Schöööööön!« Wieder der Harfenklang. »Dann mache ich dir eine Ferienfrisur. Möchtest du auch?«

Ich sah mich in den verspiegelten Gläsern ihrer Sonnenbrille und brauchte einen Moment, um zu begreifen, dass der dunkelrote Fleck darauf mein Kopf war. Ich war knallrot angelaufen. Ich konnte den Blick nicht mehr von ihr abwenden. Und war nur verwundert, als sie plötzlich sagte: »Fertig!«

Fertig? Wie lange hatte ich sie wohl angestarrt? Auch Olli schien wie versteinert gewesen zu sein. Denn plötzlich saß er mit Vollglatze auf dem Stuhl! Er erhob sich, ging zum Kassentresen und zahlte.

Ich stand von meinem Besucherstuhl auf und wartete. Dabei schaute ich auf Ollis Haare, die verstreut um den Friseurstuhl lagen. Mein Blick fiel auf ein gelbes Klettband, das ich aber nicht weiter beachtete.

Olli und ich verabschiedeten uns und verließen den Laden. Draußen strich Olli sich mit der Hand über seinen kahl geschorenen Schädel.

»Irgendwie ein bisschen kurz, oder?«, fragte er.

»Öhm«, antwortete ich. »Das ist, glaube ich, jetzt so angesagt.«

»Komisch«, sagte Olli. »Ich hab gar nicht mitbekommen, wie sie mir eine Glatze geschnitten hat. Genau genommen hab ich gar nichts mitbekommen.«

»Ging mir auch so«, bestätigte ich.

»Wenigstens sind wir wieder rausgekommen«, stellte Olli fest. »Vielleicht, weil die beiden Schwestern nicht da sind?«

»Hm«, zweifelte ich. »Du warst doch früher schon mal bei denen und bist auch wieder rausgekommen.«

»Stimmt«, musste Olli zugeben. »Trotzdem, irgendetwas stimmt mit dem Friseurladen nicht.«

»Auf jeden Fall muss der wirklich mal renoviert werden«, sagte ich.

Olli schüttelte den Kopf. »Das ist es ja. Er wurde renoviert!«

»Was?«, quiekte ich. »DAS nennst du renoviert?«

»Früher sah es dort drinnen jedenfalls anders aus: Die lila Glitzer auf dem Boden, die Trockenhauben mit den schlangenartigen Halterungen, die roten Lampen, die Vorhänge, all das hat es bei den Schwestern nicht gegeben.«

Nachdenklich betrachtete ich den Laden. Und plötzlich fiel mir etwas ein: »Unter der Ablage, zu deinen Füßen, lag übrigens ein gelbes Klettband.«

»Na und?«, fragte Olli.

Endlich war *ich* es mal, der etwas erkannt hatte. »So ein Klettband benutzen Radfahrer für die Hosenbeine!«

Olli verstand sofort, auf wen ich anspielte: den verschwundenen Mountainbiker.

»Wow!«, stieß er aus. »Eine Spur. Dann müssen wir morgen unbedingt noch mal hin!«

»Noch mal?« Ich glaubte, mich verhört zu haben. Aber ich wusste schon, dass Olli es ernst meinte. »Spinnst du? Wir können froh sein, heil wieder rausgekommen zu sein. Außerdem hast du gar keine Haare mehr, die du dir schneiden lassen könntest.«

»Ich nicht«, erwiderte Olli lächelnd. »Aber du!«

Vermisst!

Natürlich hatte ich keinesfalls vor, freiwillig zum Friseurladen zurückzugehen. Doch am nächsten Morgen begann meine Mutter beim Frühstück plötzlich, von der Friseurin zu schwärmen, die Doro gerettet hatte. Und dann kam's: »Weißt du, Ricky. Du könntest eigentlich auch mal wieder zum Friseur. Ich hab gehört, Olli war gestern auch da. Dann geh du doch heute!«

Fast hätte ich mich an meinem Marmeladenbrötchen verschluckt. ICH sollte zu DEM Friseur?

Bevor ich irgendeine Ausrede vorbringen konnte, klingelte es an der Haustür. Ich vermutete, dass es Olli war, und ging hin. Als ich die Tür öffnete, blickte ich auf eine aufgeschlagene Zeitung, die Olli mir direkt unter die Nase hielt.

Handelsvertreter vermisst!

lautete die Überschrift. Darunter stand, dass ein Vertreter für Friseurbedarf seit dem Vortag verschwunden war. Die Polizei bat um Hinweise aus der Bevölkerung. Neben dem Artikel war ein Foto des Mannes abgedruckt. Ich erkannte ihn sofort. Das war der Typ mit dem Aktenkoffer, der am Nachmittag in den Friseursalon gegangen war!

»Bist du bereit?«, fragte Olli nur.

Klar war ich bereit. Wir mussten zur Polizei gehen und uns als Zeugen melden!

Doch Olli sagte nur: »Denk nicht, wir fahren zur Polizei!«

»Wohin denn sonst?«, fragte ich verblüfft.

Olli strich sich über seine Glatze und ich begriff!

»Niemals!«, sagte ich.

Hinter mir tauchte meine Mutter auf und wedelte mit einem Zwanzig-Euro-Schein. »Hallo Olli, begleitest du Ricky zum Friseur? Das ist aber nett!«

»Gerne!«, antwortete Olli grinsend.

Meine Mutter drückte mir das Geld in die Hand und schob mich nach draußen. Rumms, da stand ich schon vor der verschlossenen Tür!

»Also los!«, drängelte Olli. »Wir sollten keine Zeit verlieren, bevor der nächste Kunde verschwindet! Ich habe einen Plan!«

Genau das hatte ich befürchtet. Olli hatte immer einen Plan. Und immer ging der schief und brachte uns in Gefahr. Wie immer aber *dachte* ich meine Einwände nur, *sagte* aber nichts. Ich stieg aufs Rad und fuhr – in mein Verderben!

Vor dem Friseurladen erwartete uns eine Überraschung. Links und rechts vor dem Eingang standen plötzlich zwei steinerne Statuen, die zwei Männer darstellten. Aber es waren keine Krieger oder griechische Götter, wie man es von Statuen in Museen kennt. Die eine Skulptur schien einen modernen Anzug zu tragen, die andere Sportkleidung. Die Gesichter waren nicht richtig zu erkennen, aber ihre Augen und Münder waren weit aufgerissen wie in einer Schrecksekunde.

Einen Augenblick blieb ich stehen und betrachtete die seltsamen Figuren mit einem mulmigen Gefühl. Die sahen so verdammt realistisch aus! Wir schlossen unsere Räder an und gingen langsam um die Skulpturen herum. Irgendwie hatten sie etwas Unheimliches.

Olli wusste natürlich sofort, wieso.

»Dir ist schon klar, wer das ist, oder?«, flüsterte er mir zu.

Nein, das wusste ich nicht. »Wie: *wer* das ist? Das sind zwei Steinfiguren. Du meinst, wen sie *darstellen* sollen?«

Doch Olli wäre nicht Olli gewesen, wenn er es nicht genau so gemeint hätte, wie er es gesagt hatte.

»Nein!«, widersprach er. »Die sollen nicht den Vertreter und den Radfahrer *darstellen,* sie *sind* es!«

Ich wich zwei Schritte zurück. »Spinnst du? Was soll das denn heißen? Sie hat die beiden Männer einzementiert oder wie?«

Olli setzte wieder seinen verschwörerischen Blick auf. »Also Zement ist das nicht!«, fachsimpelte er und klopfte gegen den Steinfuß des Radfahrers.

»Mann, Olli, hör auf!«, fuhr ich ihn an. »Das glaubst du doch selbst nicht!«

Aber ich wusste natürlich, dass Olli es sehr wohl glaubte. Und noch schlimmer: Ich glaubte es damit auch!

Mein Blick wanderte langsam von den beiden unheimlichen Steinfiguren zur Eingangstür. Da sollte ich jetzt hineingehen? Niemals!

Gerade wollte ich auf dem Absatz kehrtmachen, da öffnete sich die Tür. Mir rutschte das Herz in die Hose. Wie versteinert sah ich, wie die Friseurin Magdalena vor die Tür trat und uns anlächelte. Wieder trug sie diese verspiegelte Sonnenbrille.

»Na, ihr beiden?«, säuselte sie mit ihrer Harfenstimme. »Das ist ja nett, dass ihr mich noch mal besucht. Heute bist du dran?«

Sie beugte sich mir leicht entgegen.

»J... j... ja«, stotterte ich. »A... a... aber k... k... keine Glatze.«

Sie lachte kurz auf. »Na schön. Kommt herein. Ich werde euch schon nicht skalpieren!«

Wieder fuhr ich zusammen. Skalpieren? Wie kam sie denn darauf? Ich bewegte mich keinen Millimeter. Bis Olli mich von hinten anstieß.

»Los, geh schon!«, zischte er mir ins Ohr. »Schau dir die beiden an.« Mit einem Kopfnicken zeigte er zu den Statuen. »Die haben ihre Skalps auch noch.«

Na toll! War Olli verrückt geworden? Ich hatte keine Lust, zu einer Steinsäule verarbeitet zu werden. Doch es gab kein Zurück. Olli schob mich durch die Tür bis zu dem Friseursitz, auf dem ich willenlos Platz nahm. Und begriff, wieso Olli nichts gegen seine Glatze unternommen hatte. Der Spiegel vor mir war so verstaubt, dass man sich gar nicht darin sehen konnte.

Stattdessen sah ich etwas anderes: Direkt zu meinen Füßen lag ein goldener Manschettenknopf. Ich kannte solche Dinger. Immer an Silvester zog mein Vater seinen guten Anzug an. Und dazu trug er an seinen Hemdsärmeln eben Manschettenknöpfe statt normaler Knöpfe. Kein Zweifel! Dieser hier gehörte dem verschollenen Geschäftsmann.

Ich drehte mich zu Olli um, weil ich ihm einen Hinweis darauf geben wollte, was ich entdeckt hatte. Aber Olli – war nicht da!

Da stand schon Magdalena hinter mir und ließ meine Rückenlehne zurückfallen, sodass mein Hinterkopf plötzlich in einem Waschbecken lag.

»Ohne Waschen!«, sagte ich. Da floss mir bereits Wasser über den Kopf und meine Haare wurden eingeschäumt.

»Olli?«, fragte ich.

Doch Olli antwortete nicht. Die Augen aufmachen konnte ich nicht, sonst wäre mir Seifenwasser ins Auge gelaufen.

»Wo ist Olli?«, fragte ich.

»Auf Toilette«, antwortete Magdalena.

War Olli wirklich nur auf der Toilette? Oder hatten die Schwestern ihn schon verschwinden lassen? Vielleicht waren die gar nicht im Reiturlaub, sondern hockten im Hinterzimmer und warteten auf ihre Opfer. Und jetzt hatten sie sich Olli geschnappt. Während ich hier allein saß, ausgeliefert auf einem Friseurstuhl, blind vor Seifenwasser und gleich kahl rasiert, bevor man mich in einem Betonteig wälzte, um mich auszustellen wie die beiden draußen vor der Tür.

AAAH! Ich war kurz davor, laut aufzuschreien, aus dem Stuhl zu springen und so schnell wie möglich nach Hause zu rennen, als Magdalena sagte: »Ah, da ist er ja wieder.«

»Olli?«

»Hier!«

Ich atmete tief durch. Und war mir sicher, dass Olli nicht auf der Toilette gewesen war. Ich hatte nämlich keine Spülung gehört. Bestimmt war der angebliche Gang zum Klo Teil seines Plans gewesen. Ein Plan, von dem ich immer noch nicht wusste, wie er aussah.

Und dann geschah wieder das Gleiche, was uns am Vortag passiert war. Gerade in dem Augenblick, als ich glaubte, dass nun das Haareschneiden beginnen würde, sagte Magdalena: »So, fertig!«

Panisch griff ich mir an den Kopf. Doch nicht etwa eine Glatze? Zum Glück fühlte ich Haare. Erleichtert atmete ich durch. Sehen konnte ich meine neue Frisur allerdings immer noch nicht.

Draußen vor der Tür der nächste Schock. Instinktiv betrachtete ich die Manschetten des steinernen Geschäftsmanns. Er trug keine normalen Knöpfe, sondern Manschettenknöpfe – und sein rechter fehlte! Ebenso der Radfahrer: Am linken Hosenbein klemmte ein Klettband, am rechten nicht!

Mir schauderte. Noch mehr, als Olli mir offenbarte: »Auf dem Weg zum Klo hab ich noch zwei Statuen entdeckt. Die eine sah aus wie ein Prospektverteiler, die andere wie ein Obdachloser!«

»Erzähl keinen Scheiß!«, rief ich entsetzt.

»Mache ich nicht«, versicherte mir Olli. »Ehrenwort!«

»Und was machen wir jetzt?«, wollte ich wissen.

»Jetzt versuchen wir herauszufinden, mit wem wir es hier eigentlich zu tun haben.«

Medusa

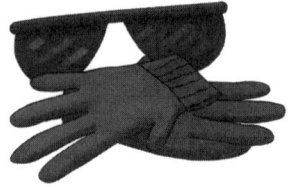

Meine Mutter war mit meiner Frisur sehr zufrieden. Zu sehr! Denn plötzlich kam sie auf eine Idee: »Ach, weißt du was? Dann nutze ich die Ferien von City Haircut und mache auch schnell einen Termin hier im Dorf. Außerdem ist er viel preiswerter, da spare ich fast fünfzig Euro.«

Ich schaute meine Mutter entsetzt an. Sie wollte doch wohl nicht wirklich …? Doch bevor ich etwas einwenden konnte, war sie schon wieder in ihrem Zimmer verschwunden. Gleichzeitig klingelte Olli an der Haustür. Diesmal stand er nicht mit einer Zeitung vor mir, sondern mit einem Buch.

GRIECHISCHE MYTHOLOGIE

stand auf dem Titel, den ich aber nicht verstand.

»Geschichten von alten Göttern und Helden im alten Griechenland!«, erklärte Olli.

»Aha!«, sagte ich nur, während Olli schon die Treppe zu meinem Zimmer hinaufstieg. Ich stiefelte ihm hinterher. Wir setzten uns nebeneinander auf mein Bett. Olli blätterte in dem Buch.

»Hast du dir schon mal Gedanken um den Namen unserer Friseurin gemacht?«, fragte er.

Ich schüttelte den Kopf. Nö, hatte ich nicht.

»Magdalena Emilia D.«, hat sie gesagt.

»Na und?«

»Und woher kommt sie?«, setzte Olli nach.

»Aus den USA, hat sie gesagt.«

»Genau!«, rief Olli begeistert.

Ich verstand immer noch nicht. Olli aber tat so, als hätte er einen altertümlichen Schatz ausgegraben. Und offenbar glaubte er das sogar.

»Ich bin darauf gekommen, als ich den Namen im Internet eingegeben habe: Magdalena Emilia D., USA. Na, merkst du was?«

Olli schaute mich erwartungsvoll an.

Aber ich merkte nichts.

Olli sprang auf und schnappte sich Papier und einen Stift von meinem Schreibtisch.

»Hey, das ist mein Matheheft!«, rief ich. Doch ehe ich es ihm entreißen konnte, hatte Olli schon quer über meine letzten Hausaufgaben geschrieben:

Magdalena Emilia D., USA

Da klopfte meine Mutter an die Tür und brachte ein Tablett mit Zitronenlimo.

»Heute ist so ein schöner Tag«, sagte sie und stellte das Tablett auf den Schreibtisch. Schnell zog Olli das bekritzelte Matheheft beiseite. »Da tut eine Erfrischung gut und dann solltet ihr ein bisschen raus in die Sonne gehen!«

»Machen wir!«, versprach ich. »Danke für die Limo.«

Der Blick meiner Mutter fiel auf Ollis Buch. »Oh, griechische Mythologie«, sagte sie strahlend. »Dass euch das interessiert. Wunderbar! Sind aber auch viele tolle Abenteuergeschichten darin.«

»Genau!«, sagte Olli schnell.

»Am liebsten mag ich Pegasus, das geflügelte Pferd, aus dem später ein Sternbild wird. Vorher aber bringt Pegasus Blitz und Donner zum Gott Zeus.«

»Ja, ja«, würgte ich meine Mutter ab. »Danke, Mama.«

»Ich muss auch los!«, antwortete sie. »Ich bin in zwei Stunden wieder da.«

Kaum war sie draußen, holte Olli wieder das Matheheft hervor und unterstrich die Anfangsbuchstaben des aufgeschriebenen Namens: *Magdalena Emilia D., USA.*

»So!«, forderte er mich auf. »Jetzt lies mal!«

»M-E-D-USA.« Medusa? Was sollte das sein?

Olli setzte sich zurück aufs Bett, schlug sein Buch auf und zeigte mir eine Seite, auf der eine schrecklich aussehende Frau abgebildet war: ein großer, aufgerissener Mund, aus dem scharfe Eckzähne hervorblitzten und eine lange Zunge heraushing, schuppige Panzerhaut wie ein Drache, glühende Augen und – statt Haaren ein Bündel von Schlangen, die ihr aus dem Kopf wuchsen. Darunter stand: *Medusa*!

»Noch Fragen?«, sagte Olli wie immer, wenn er eine sensationelle Entdeckung gemacht hatte.

Klar hatte ich Fragen. Auch wie immer. »Was hat dieses Ungeheuer mit unserer Friseurin zu tun?«

»Ha!«, sagte Olli. Er hatte sich an den alten Computer meiner Mutter gesetzt, den ich bekommen hatte, und suchte Bilder von Medusa heraus, die sich alle in etwa ähnelten. Sie übertrafen sich höchstens in ihrer Hässlichkeit und ihrem furchterregenden Anblick.

»Hast du gelesen, was diese Frau so tut?«, fragte er und deutete auf eine Stelle im Buch.

»*Ihr Anblick lässt jeden Mann zu Stein erstarren*«, las ich laut vor.

»Genau, Ricky! Kapiert? Jeder Mann, der ihr in die glühenden Augen schaut, wird zu einer Steinfigur!«

Ich musste tief durchatmen. »Du meinst also …?«

»Der Vertreter und der Radfahrer! Hab ich doch gleich gesagt!«, stellte Olli zufrieden fest.

Olli war mit seinem Vortrag aber noch nicht fertig. »Du weißt doch, dass der Laden eigentlich den beiden alten Schwestern gehört: Frau Stiena und Frau Euralie.«

Ich nickte. Ja, das hatte Olli mir anfangs erzählt. Wieder zeigte Olli auf das Buch, während er weiter im Computer tippte. Ich las:

Die drei Schwestern Medusa, Stheno und Euryale, auch Gorgonen genannt, waren Kinder der chthonischen Götter Phorkys und seiner Schwester Keto und wurden in der griechischen Kunst ursprünglich als von Geburt an missgestaltet angesehen.

»Drei Schwestern Medusa, Stheno und Euryale …«, wiederholte ich völlig fertig.

»Genau«, sagte Olli. »Aus Medusa ist übrigens Pegasus entstanden, von dem deine

Mutter gerade gesprochen hat. Verrückter Zufall, oder?«

»Meine Mutter? Pegasus?« Ich war völlig
verwirrt.

»Ich hab gerade mal geschaut. Ein Radfahrer wird in der Gegend noch nicht vermisst.
Zumindest schreibt die Online-Ausgabe der
Dorfzeitung nichts davon. Von einem Vertreter auch nicht. Aber komischerweise wird
einer ihrer Prospektverteiler vermisst.«

»Aha«, sagte ich perplex.

»Wir müssen etwas tun!« Olli sah mich ein-
dringlich an. »Sonst wird das halbe Dorf nach
und nach zu Steinsäulen werden!«

»Wieso das halbe?«

»Na«, erläuterte Olli. »Hier steht doch: Ihr
Anblick ließ *jeden Mann* zu Stein erstarren.
Nur die Männer, verstehst du? Deshalb wurde
Doro verschont!«

Plötzlich rief meine Mutter durchs Haus:
»Huhu, Ricky, ich bin wieder da!«

Ich schaute auf die Uhr. Sie war nicht mal
eine Stunde fort gewesen. Hatte sie nicht von
zwei Stunden geredet?

»Gut!«, rief ich zurück, als sie den Kopf in mein Zimmer steckte.

Im ersten Moment erkannte ich sie gar nicht und erschrak ein wenig.

»Und? Wie sehe ich aus?«

»Anders!«, antwortete ich. Und musste einen Moment überlegen, was genau an ihr anders war. Olli kam mir zuvor.

»Was ist denn mit Ihren Haaren passiert?«, fragte er. Zum Glück merkte sie nicht, wie entsetzt Olli war. Er hatte seine Stirn in Falten gelegt und kaute auf der Unterlippe.

Meine Mutter betupfte mit den Fingerspitzen ihre Frisur. »Die Friseurin meinte, die neue Farbe wirkt frischer und würde mir gut stehen. Ich finde, sie hat recht. Was meint ihr, Jungs?«

Jetzt, wo sie es sagte, sah ich es auch: Meine Mutter hatte rote Haare! Neben ihr tauchte plötzlich Doros schwarzhaariger Kopf auf.

»Nun haben wir beide gefärbte Haare!«, strahlte sie.

Ich ahnte, was passiert war. Meine Mutter hatte sich die Haare färben lassen, damit Doro mit ihren neuen Haaren besser klarkam! Ich konnte es nicht fassen.

»Wahrscheinlich bleiben wir jetzt immer bei dem Friseur. Mir gefällt er sehr gut!«, teilte meine Mutter uns mit.

Olli und ich starrten uns an. Das durfte doch nicht ihr Ernst sein!

»Find ich auch!«, plapperte Doro ihr nach.

»Auch die neue Einrichtung«, erzählte meine Mutter. »Irgendwie ein bisschen grufti. Aber es hat auch etwas, finde ich. Etwas Extravagantes. Mit diesen neuen Skulpturen …«

Olli und ich wurden hellhörig.

»Du meinst die beiden Figuren vor dem Laden?«, fragte ich.

»Ja, die auch!« Meine Mutter winkte ab. »Aber die innen finde ich besser. Die sehen so realistisch aus.«

»Neue Figuren?« Olli riss erstaunt die Augen auf. »Ist einer von ihnen ein Prospektverteiler?«

»Ja«, antwortete meine Mutter. »Waren die bei eurem Besuch noch nicht da? Die müsst ihr euch anschauen. Sie sehen aus wie echte

Menschen, nur aus Stein. Toll gemacht. Und diese neuzeitlichen Figuren im Vergleich zur altgriechischen, tempelhaften Innenausstattung. Klasse!«

Schwupp. Schon verzogen sich beide Köpfe wieder aus meinem Zimmer. Meine Mutter schloss die Tür von außen.

»Neue Figuren!«, flüsterte ich entsetzt.

»Der vermisste Prospektverteiler! Das müssen wir uns ansehen!«, entschied Olli. »Sofort!«

Wir schwangen uns auf unsere Räder und düsten wieder ins Dorf. Ich hatte keine Ahnung, wie wir dort überhaupt hineinkommen sollten. Unsere Haare waren ja schon geschnitten. Bestimmt hatte Olli einen Plan. Ich hoffte nur, der würde nicht darin bestehen, dass ich mir die Haare färben lassen sollte.

Als wir unsere Räder anschlossen, wollte ich Olli danach fragen. Doch er winkte ab. »Lass mich nur machen!«

Entschlossen betrat Olli den Laden. Mit schlotternden Knien schlich ich ihm hinterher.

Schon nach dem ersten Schritt blieb Olli stehen und hob den Zeigefinger und die Augenbrauen. Ich wusste, was er meinte. Die Glocke, die sonst immer läutete, wenn man die Tür öffnete, blieb stumm. War das Zufall oder war sie kaputt?

»Egal«, flüsterte Olli. »Das ist perfekt. Jetzt hört sie uns nicht kommen.«

Auf Zehenspitzen tippelte er in den Laden hinein. Ich folgte ihm. Da sahen wir die neuen Figuren. Sie säumten den Eingang zum Hinterraum und sahen tatsächlich noch realistischer aus als die beiden Statuen vor dem

Laden. Die eine Figur war der Prospektverteiler, der dem Betrachter einen Prospekt entgegenhielt. Dieser war ebenfalls zu Stein geworden und nicht mehr lesbar. Der junge Mann hatte den Mund geöffnet und die Augen weit aufgerissen. Vermutlich hatte er in der letzten Sekunde seines Lebens um Hilfe rufen wollen. Zumindest, wenn Ollis Theorie stimmte, dass die Statuen versteinerte Menschen waren. Ich konnte das immer noch nicht so recht glauben. Der pure Horror!

Die zweite Figur war ein Obdachloser. Er hielt eine Getränkedose in der Hand, die er zu einer Spendenbüchse umgebaut hatte. Sie war geschlossen und oben im Deckel befand sich ein Schlitz zum Geldeinwerfen. Am liebsten hätte ich mal dran geschüttelt.

»Meinst du, da ist noch Geld drin?«, fragte ich Olli.

Keine Antwort.

Ich schaute mich um: Olli war verschwunden!

Eben hatte er doch noch neben mir gestanden! Ich traute mich nicht, laut nach ihm zu rufen, aus Angst, die Friseurin auf den Plan zu rufen. Also blieb ich stumm und suchte nach ihm. Aber in diesem Raum gab es nichts zu suchen: drei Friseurstühle vor den verstaubten Spiegeln, der Tresen mit der Kasse in der Mitte des Raumes, eine Garderobe, zwei Besucherstühle, dazwischen ein kleiner Tisch mit Zeitschriften. Das war's. Alles sehr übersichtlich.

Es gab noch eine Treppe, die in den Keller führte. Aber wenn Olli die genommen hätte, wäre er an mir vorbeigekommen. War er vielleicht hinausgegangen?

Gerade wollte ich nachsehen, als sich von hinten eine Hand auf meine Schulter legte. Ich fuhr zusammen, wollte laut aufschreien und rausrennen. Da presste sich eine zweite Hand auf meinen Mund.

Jetzt war es so weit! Die Friseurin hatte mich erwischt, so wie sie zuvor Olli geschnappt hatte. Sie würde mich nach hinten schleppen und zu Stein verwandeln. Und morgen würde ich dann auch hier stehen als Steinfig…

»Pssst!«, zischte Olli. »Komm mit, ich muss dir was zeigen.«

Ich drehte mich zu ihm um.

»Mann!«, schimpfte ich mit gedämpfter Stimme. »Spinnst du jetzt komplett? Ich dachte, du wärst Magdalena!«

»Nee, die will ich dir ja gerade zeigen«, sagte Olli. »Los komm!«

Ich musste erst mal tief durchatmen, bevor ich mir irgendetwas ansehen konnte. Erst recht, wenn dieses Etwas sich dort befand, wo Olli gerade hinwollte: im Hinterraum.

»Warte!«, rief ich mit leiser Stimme. »Du willst doch nicht etwa nach hinten?«

»Doch!«, sagte Olli. »Natürlich. Dort habe ich sie ja eben entdeckt.«

»Wen? Magdalena?«

»Nein!«, antwortete Olli. »Medusa!«

Um ein Haar!

Olli schob den Vorhang beiseite, der den Eingang zum Hinterzimmer verdeckte. Er winkte mich zu sich und zeigte in den kleinen Raum hinein. Ein Sofa stand darin, davor ein Couchtisch, an der Wand gegenüber eine kleine Küchenzeile mit einem Warmwasserbereiter, zwei kleinen Herdplatten, einer kleinen Spüle, einem Kühlschrank und einer Kaffeemaschine. Neben dem Couchtisch schlief jemand in einem Ohrensessel: Medusa.

Olli hatte recht, sie sah wirklich mehr wie Medusa aus als wie Magdalena. Ihr Mund stand im Schlaf offen, sodass man ihre großen, spitzen Eckzähne sehen konnte. Ihre verspiegelte Sonnenbrille hatte sie vor sich auf den Couchtisch gelegt. Auch wenn ihre Augen geschlossen waren, konnte man erkennen, dass sie im Verhältnis zum Gesicht viel zu groß ausfielen. Ihre Haut hatte sich echsenhaft verändert und unter ihrem Piratenkopftuch bewegte sich etwas.

Ich ahnte, was es war. Unter keinen Umständen würde ich näher an sie herantreten, um mir das anzusehen. Ganz im Gegensatz zu Olli. Er tippelte – immer noch auf Zehenspitzen – ganz dicht an sie heran und lüpfte das Kopftuch ein wenig mit zwei Fingern. Darunter kam ein Schlangenkopf hervorgeschossen.

Olli wich blitzartig zurück und stieß dabei versehentlich mit dem Ellenbogen gegen die Kaffeemaschine. Die noch halb volle Glaskanne kippte um und der warme Kaffee ergoss sich über die Küchenplatte und an den Herdplatten vorbei bis in die Spüle. Die Kanne blieb zwar heil, hatte aber so viel Krach gemacht, dass Medusa hochschreckte und ihre Augen öffnete.

»Oh verdammt!«, fluchte Olli. »Weg hier!«

Aber ich blieb wie angewurzelt stehen und sah in Medusas Augen. Sie fingen an, rot zu glühen.

Olli stieß mich an und schubste mich durch die Türöffnung.

»WEG HIER!«, brüllte er.

Ich stolperte in den Kundenraum. Olli sprang mit einem halben Hechtsprung hinterher. Plötzlich schlug direkt hinter mir ein Blitz ein. Er traf aber nicht mich, sondern die Steinfigur des Prospektverteilers, dessen ausgestreckter Arm abfiel, als hätte man ihn abgesägt. Ich wandte mich um und erkannte, dass der Blitz aus Medusas Augen geschossen war.

»Nicht hinschauen!«, warnte Olli. »Schau ihr nicht in die Augen!«

Ich hörte seine Warnung und begriff sie auch. Doch ich musste all meinen Willen aufbringen, nicht trotzdem hinzuschauen. Schnell hielt ich schützend eine Hand vor meine Augen.

Anders Olli. Er riss sich ein Handtuch aus dem Regal und verband sich die Augen. Jetzt konnte er Medusa nicht mehr anschauen, allerdings auch nichts mehr sehen!

»Lass uns abhauen!«, rief ich Olli zu und lief zur Tür.

Olli drehte sich um sich selbst. »Wo ist denn der Ausgang?« Er hatte die Orientierung verloren, streckte seine Hände tastend nach vorn und ging direkt auf Medusa zu.

»NICHT!«, rief ich. »Andere Richtung!«

Es war verdammt schwer, mich Medusas Blick zu entziehen und gleichzeitig auf Olli zu achten! Der drehte sich um und rannte in die andere Richtung …

»Vorsicht!«

Zu spät. Olli knallte gegen das frei stehende Waschbecken und stöhnte vor Schmerz laut auf.

Medusa schoss den nächsten Blitz auf mich ab. Er traf aber zum Glück den Friseurstuhl, kokelte ihn an und brachte ihn zum Qualmen.

Ich rannte auf Olli zu, packte ihn an der Hand und riss ihn mit.

»Los jetzt!«

Olli rannte mit mir los durch die Tür. Und donnerte mit dem Schädel gegen den Türrahmen.

»Aua!«, schrie er.

»Weiter!«, spornte ich ihn an. »Sonst hast du bald nie mehr Schmerzen, weil du aus Stein bist.«

Dann stolperten wir beide endlich hinaus. Erleichtert hörten wir, wie die Tür des Friseursalons hinter uns zuschlug. Wir hetzten zu unseren Rädern, öffneten die Schlösser mit zitternden Händen, sprangen auf die Sättel und traten, so schnell wir konnten, in die Pedale.

Ich schaute mich kurz um, sah aber niemanden aus dem Friseursalon kommen. Offenbar wollte Medusa draußen nicht gesehen werden oder aber sie scheute das Tageslicht. Trotzdem hielten wir erst an, als wir schon mitten im Wald waren.

»Mann, das war knapp!«, schnaufte Olli. Er hatte sich wie ich vornübergebeugt und seine Hände auf die Knie gestützt.

Ich schaute ihn an. Er sah fürchterlich aus. Auf seiner Stirn hatte sich ein dickes, blaugrünes Horn gebildet und er hatte zwei blaue Flecken auf den Armen. Dazu seine ewige Zahnlücke und seine Glatze. Er sah nicht gerade ansehnlich aus.

»Wieso hast du mich denn gegen die Tür laufen lassen?«, fragte Olli.

»Ich habe das so schnell nicht gesehen. Aber wieso verbindest du dir auch die Augen?«, fragte ich zurück. »Es nützt doch nichts, vor Medusas tödlichen Blicken geschützt zu sein, wenn du nicht vor ihr weglaufen kannst.«

»Hast recht«, räumte Olli ein. Was einer Sensation glich. Es kam so gut wie nie vor, dass Olli mir recht gab. »Wir müssen uns anders schützen.«

»Anders?«, stieß ich entsetzt aus. »Sag mal, du willst doch nicht etwa noch mal dorthin?«

»Natürlich will ich das!« Er griff sich seine Wasserflasche aus der Fahrradhalterung und legte sie sich auf die Beule am Kopf.

Das war wieder der Olli, den ich kannte. Gerade waren wir in letzter Sekunde einem Monster entkommen. Aber Olli dachte schon wieder darüber nach, zurückzukehren und erneut den Kampf aufzunehmen. Der Typ war vollkommen irre!

»Mist, die Flasche ist nicht kühl genug!«, stellte Olli fest und klemmte sie wieder in die Halterung. Dann wischte er sich einmal kurz über die Beule, als wäre sie nicht mehr als ein bisschen Taubenkacke. Mit typischem Olli-Blick schaute er mich an.

Oh Mann! Ich kannte diesen Blick. Ich wusste, was immer mir Olli jetzt gleich vorschlagen würde – ich würde mitmachen, obwohl ich eigentlich gar nicht wollte.

»Du erinnerst dich doch an das, was in dem Buch stand?«, fing Olli an.

Ich nickte zaghaft. Ja, ich erinnerte mich an jedes einzelne Wort. Und die sagten mir, dass ich mich auf keinen Fall auf weitere Auseinandersetzungen mit Medusa einlassen sollte. Ich würde in Zukunft einfach einen großen Bogen um den Friseurladen machen und fertig!

»Ihr Anblick ließ *jeden Mann* zu Stein erstarren«, zitierte Olli. »Nur die Manner, verstehst du? Deshalb wurde Doro verschont!«

Ja, das hatte er schon einmal gesagt. Ich erinnerte mich genau.

»Mädchen können in den Friseurladen hinein und Medusa bekämpfen!«, behauptete Olli.

Ich sah ihn verständnislos an. »Du willst doch wohl nicht etwa Doro da reinschicken, um gegen Medusa zu kämpfen?«, fragte ich.

»Quatsch!«, antwortete Olli. »Doro doch nicht. Wir! Wir verkleiden uns als Mädchen.«

»Wir machen WAS?«, entfuhr es mir. »Wie kommst du denn auf so eine blöde Idee?«

Na, wie wohl? Ich konnte es mir selbst beantworten. Weil es eben Olli war.

»Wie stellst du dir das denn vor?«, fragte ich und merkte im selben Moment, dass das die falsche Frage war. Ich hätte laut und deutlich »NEIN!« sagen müssen.

Jetzt zeigte Olli ein siegesgewisses Lächeln. Er wusste, was ich wusste: dass ich mal wieder mitmachen würde.

»Ganz einfach«, antwortete Olli. »Wir ziehen die Klamotten deiner Schwester an!«

Oh nein! Nicht auch das noch!

»Du willst mit Mädchenkleidern Medusa bekämpfen?«, fragte ich und tippte mir mit dem Zeigefinger gegen die Stirn.

»Genau!«, sagte Olli nur. »Am besten gleich. Los, fahren wir!«

Undercover

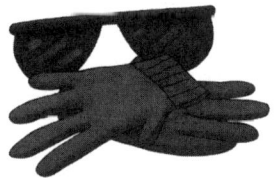

Es war irre, verrückt, völlig neben der Spur!
Ich konnte es immer nur wiederholen. Im-
merhin hatten wir in einer Sache Glück: Meine Mutter und Doro waren nicht zu Hause.
Normalerweise arbeitete meine Mutter im alten Schuppen, ihrem Atelier. Aber wenn wir
aus der Schule kamen oder Ferien hatten, un-
ternahm sie auch oft etwas mit uns. Meistens
aber nur mit Doro. Mit anderen Worten, sie
waren nicht da, was gut war. Ich hatte aber
keine Ahnung, wo die beiden jetzt steckten
und wann sie wiederkamen, was schlecht war.

Überhaupt hatte ich kein gutes Gefühl, an
Doros Kleiderschrank zu gehen, um mir dort

ungefragt Kleider zu holen. Noch weniger aber wollte ich an den Kleiderschrank meiner Mutter gehen. Obwohl uns ihre Sachen vermutlich besser gepasst hätten. Ich wollte mich am liebsten überhaupt nicht verkleiden, schon gar nicht mit Sachen meiner Schwester.

»Mensch, stell dich nicht so an«, pflaumte Olli mich an. »Meinst du, James Bond würde so ein Trara machen, wenn er sich in geheimer Mission verkleiden müsste?«

»James Bond?«, wiederholte ich.

Ich war noch zu jung, um James-Bond-Filme sehen zu dürfen. Aber ich war sicher, dass James Bond noch nie in Kleidern seiner kleinen Schwester einen Fall gelöst hatte. Geschweige denn seiner Mutter. Außerdem: James Bond war überhaupt nicht zuständig für Monster und Ungeheuer.

»Papperlapapp!«, wiegelte Olli ab. »Ich wette, wenn der berühmte griechische Held Perseus Medusa in Mädchenkleidern hätte besiegen können, dann hätte er welche angezogen.«

»Aber er hat Medusa besiegt!«, wandte ich ein. »Ohne Mädchenkleider!«

»Ja!«, sagte Olli. »Weil er eine Tarnkappe bekommen hat und Flügelschuhe. Von Nymphen und so 'nem anderen griechischen Helden: Hermes!«

»Von dem bekommen wir manchmal Pakete«, sagte ich. »Aber nie eine Tarnkappe.«

Olli schnippte mit den Fingern. »Das ist es doch! Wir sind auf dem richtigen Weg!«

»Hä?«, fragte ich. »Wieso das denn?«

»Hermes!«, wiederholte Olli. »Von Nymphen bekam Perseus die Tarnkappe, von Hermes geflügelte Schuhe. Wenn wir uns jetzt mit Kleidung von Doro tarnen, die der Paketdienst Hermes ihr geliefert hat, dann ist das quasi wie beides. Geflügelte Schuhe und Tarnkappe. Nur modernisiert auf unsere Zeit. Aber auch von Hermes! Verstehst du? Was soll uns da noch passieren?«

›Nee, is klar!‹, dachte ich. Ab sofort waren wir unbesiegbar! Oh Mann, Olli!

Inzwischen standen wir vor Doros Kleiderschrank. Ich öffnete ihn und warnte noch mal: »Wenn Doro uns erwischt, ist hier die Hölle los!«

»Ach, die wird uns noch dankbar sein«, wiegelte Olli ab. »Als Perseus Medusa den Kopf abgeschlagen hatte, stieg ein geflügeltes Pferd aus ihrem Körper: Pegasus! Das wäre doch etwas für Doro!«

»Ich werde der Friseurin nicht den Kopf abschlagen!«, rief ich entsetzt.

»Jetzt müssen wir erst mal klaren Kopf bewahren!«, erwiderte Olli.

›Das musst du gerade sagen‹, dachte ich.
Und wurde sogleich bestätigt.

»Das könnte passen!« Olli fummelte ein
Kleid aus dem Schrank.

»Bist du irre? Das ist ein Tütü!«

»Ein was?«, lachte Olli. »Tut-tut?«

»Tütü!«, sagte ich. »So nennt man ein Ballettkleid. Doro hat auch Hosen und Shorts!«

»Zu unsicher«, widersprach Olli. »Wir müssen hundertprozentig wie Mäd-

chen aussehen, sonst macht
Medusa uns fertig! Also
ich ziehe das an.«

»Das Ballettkleid? Das
ist dir viel zu klein!«

»Vielleicht geht es,
wenn ich den Reißver-
schluss offen lasse!«
Sogleich zwängte er
sich hinein und wirkte

wie eine Fleischwurst in der Pelle. »Wie sehe ich aus?«

»Grauenvoll!« Und das war nicht gelogen: Seine Vollglatze, seine Beule an der Stirn, die Zahnlücke und die blauen Flecken auf den nackten Armen waren das eine. Aber darauf ein Ballettkleid, das ging gar nicht!

Olli war mal wieder anderer Meinung. »Prima! Ich glaube, Medusa mag Mädchen, die noch hässlicher sind als sie.«

Er griff wieder in den Schrank und reichte mir ein Kleidungsstück.

»Ich glaube, jetzt hackt's!«, protestierte ich. »Das ist ein Bikini!«

»Ach«, lachte Olli. »Wär ich von selbst gar nicht draufgekommen.«

»Ich weiß was Besseres«, sagte ich und hatte in der Tat eine Idee. »Eine von Doros besten Freundinnen in der Klasse ist Defne.«

»Ist das nicht eine Pflanze?«, fragte Olli.

»Nee, eine Türkin«, antwortete ich. »Also ihre Eltern sind aus der Türkei, genau genommen nur ihr Vater und ihre Großeltern. Von denen bekommt sie zum Geburtstag immer neue Kopftücher geschickt. Sie trägt aber gar keine oder nur ganz selten. Doro hat mal ein oder zwei bei ihr abgestaubt. Das wär's doch: Du kannst deine Glatze und ich meinen Kurzhaarschnitt verbergen!«

»Gute Idee!«, lobte Olli. »Dazu jeder noch eine Sonnenbrille.«

»Und einen Schal, den wir uns vors Gesicht wickeln«, schlug ich vor.

»Wir haben Sommer!«, wandte Olli ein. »Wenn wir da mit Schal reinmarschieren, hält sie uns entweder für bescheuert oder für grippekrank!«

»Okay, ohne Schal. Aber auch ohne Bikini!«, hielt ich fest.

Ich fand noch etwas, das noch besser war als alles andere: Doros Reitklamotten. Eine Hose, eine Reitjacke, ein Helm. Und die Stiefel konnte ich in der Hand tragen, als wäre ich auf dem Weg zum Reitstall. Meine Mutter hatte diese Reitbekleidung gebraucht übers Internet gekauft, weil sie normalerweise sehr teuer ist. Der Vorteil war: Die Kleider waren zwei Nummern zu groß. »Da wächst du schnell rein!«, hatte meine Mutter zu Doro gesagt. Und es war genau meine Größe!

Ich zog alles an. Zwar passte das Kopftuch nicht dazu, aber Helm und Sonnenbrille genügten. Olli mit Tütü, Sonnenbrille und Kopftuch. Unsere Tarnung war perfekt! Zumindest fast. Aber irgendwas fehlte.

»Meinst du, das reicht?«, fragte ich Olli. »In Mädchenkleidern werden wir zwar von Medusa nicht gleich angegriffen. Aber was tun wir dann?«

Ich konnte mir nicht vorstellen, wie wir das Ungeheuer besiegen sollten.

»Keine Sorge, ich habe einen Plan«, antwortete Olli verschwörerisch.

Ich stöhnte auf. Was würde nun wieder kommen?

Ein gefährlicher Plan

»Wir machen es wie Perseus!«, eröffnete mir Olli stolz.

Er zeigte mir in seinem Buch über griechische Helden, wie Perseus sich damals ausgerüstet hatte: mit Tarnkappe, geflügelten Schuhen und Spiegelschild.

»Gut, getarnt sind wir!«, sagte ich. »Einen Spiegel können wir auch mitnehmen. Aber woher bekommen wir geflügelte Schuhe?«

»Brauchen wir nicht!«, behauptete Olli. »Wir nehmen unsere Laufschuhe! Die sind so leicht, dass Medusa unsere Schritte nicht hört. Fast wie bei geflügelten Schuhen.«

Okay, dann hatten wir alles zusammen:

die Tarnung, Schuhe zum Anschleichen, den Spiegel.

»Und dann?«

»Wie? Was meinst du mit ›und dann‹?«, fragte Olli.

»Wenn wir uns erfolgreich an Medusa herangeschlichen haben, was machen wir dann?«, wollte ich wissen.

»Na ja«, sagte Olli. »Perseus hat …«

»Ich weiß!«, unterbrach ich ihn. »Er hat sie geköpft. Aber das können wir nicht tun! Vergiss es!«

»Vergiss es?«, empörte sich Olli. »Das geht nicht. Wir müssen Medusa besiegen und das Dorf retten. Es werden doch immer mehr Männer zu Stein verwandelt!«

»Ja!«, gab ich zu. »Aber willst *du* Magdalena den Kopf abschlagen? Ich nicht!«

Olli kaute nachdenklich auf seiner Unterlippe. Damit war klar: Auch er würde es nicht fertigbringen! Das wäre ja auch noch schöner! Selbst wenn sie ein Monster war. Was also sollten wir tun?

Leider konnten wir nicht weiter drüber

nachdenken. Denn in dem Moment kamen meine Mutter und Doro nach Hause. Und wir standen noch immer als Mädchen verkleidet in Doros Zimmer, vor ihrem geöffneten Kleiderschrank!

»Ach du Scheiße!«, fluchte ich. »Weg hier!«

Olli wollte gerade zur Tür hinauslaufen, doch ich hielt ihn zurück.

»Das geht nicht!«, flüsterte ich ihm zu. »Doro rennt immer zuerst in ihr Zimmer, wenn sie nach Hause kommt. Wir würden ihr direkt in die Arme laufen!«

»Und nun?«, fragte Olli.

Ich zeigte zum Fenster. »Dort raus und übers Dach und die Regenrinne rüber in mein Zimmer!«

Olli nickte. »Okay!«

So schnell wir konnten, kletterten wir aus dem Fenster. Gerade rechtzeitig waren wir draußen auf dem Dach, als Doro ihr Zimmer betrat.

»Wo ist die Regenrinne?«, flüsterte Olli.

Ich schaute hinunter. Und erinnerte mich. Unsere Regenrinne sollte erneuert werden.

Am vorderen Haus würden die Handwerker anfangen. Deshalb hatten meine Eltern sie dort schon mal abmontiert.

»Abmontiert?«, fragte Olli entsetzt. »Und jetzt?«

Die Regenrinne sollte unseren Füßen Halt geben, wenn wir langsam übers Dach in mein Zimmer schlichen. Aber das war jetzt nicht mehr möglich. Wir lagen kurz unterhalb von Doros Zimmer auf dem Dach, in unbequeme Mädchenkleidung gehüllt, und konnten weder vor noch zurück.

»Warten!«, schlug ich vor. »Doro packt nur ihre Sachen weg, dann rennt sie bestimmt runter zu meiner Mutter!«

»Hoffentlich!«, antwortete Olli.

Plötzlich hörten wir ein Motorengeräusch. Ein Auto fuhr vor unser Haus.

»Wer ist das denn?«, fragte Olli.

Ich hatte keine Ahnung. Das Auto gehörte weder uns noch Ollis Eltern. Ein Postauto war es auch nicht.

Der Wagen hielt, die Fahrertür öffnete sich. Und es stieg niemand anderes aus als: Magdalena! Wieder in der Gestalt der hübschen jungen Friseurin.

»Was macht die denn hier?«, fragte Olli.

Ich wusste es auch nicht. Bis mir plötzlich etwas einfiel: Sowohl meine Mutter als auch Doro und ich waren bei ihr zum Haareschneiden gewesen. Bestimmt hatte meine Mutter unsere Adresse in ihrer Kundenkartei hinterlassen. Also wusste Magdalena, dass ich Doros Bruder war und wo ich wohnte. Kurzum: Sie war hinter uns – Olli und mir – her!

»Die spioniert uns aus«, war Olli sich sicher. »Sie glaubt, dass wir nicht so schnell wieder in ihren Laden kommen. Wir haben sie aber als Medusa gesehen. Wir sind die Einzigen, die ihr Geheimnis kennen. Also muss sie uns irgendwie erwischen!«

»Jetzt?«, fragte ich. »Am helllichten Tage? Vor den Augen meiner Mutter?«

Olli schüttelte den Kopf. »Nein. Die kundschaftet nur alles aus. Und kommt bestimmt heute Nacht wieder.«

»Na super!«, stöhnte ich.

»Ist es auch!«, freute sich Olli.

Was war nun schon wieder los? Wir wurden von einem gefährlichen Monster bedroht und Olli freute sich darüber?

»Ist doch klar!«, erklärte er. »Sie rechnet nicht damit, dass wir noch mal zu ihr zurückkommen. Sie denkt, wir haben Angst vor ihr.«

»Und damit hat sie auch vollkommen recht!«, stellte ich klar.

»Quatsch! Aber es ist gut für unsere Tarnung«, fuhr Olli fort. »Und für unseren Überraschungsangriff!«

Na prima! Ob das wirklich ein Grund zur Freude war?

»Wir müssen heute noch zu ihr und sie angreifen!«, behauptete Olli.

»Lass uns erst einmal heil wieder von diesem Dach herunterkommen!«, erwiderte ich.

Als hätte er auf dieses Stichwort gewartet, hangelte sich Olli vorsichtig wieder hoch, um in Doros Zimmer zu linsen.

Aber meine Schwester war noch da. Und wie!

»Achtung, sie kommt!«, zischte Olli und zog seinen Kopf ein.

Doro kam ans Fenster. Glücklicherweise entdeckte sie uns nicht, weil sie nicht herausschaute. Stattdessen schloss sie nur das Fenster.

Sie schloss das Fenster! Unser Rückweg war damit versperrt!

»Oh, blöd!«, kommentierte Olli.

»Allerdings«, bestätigte ich. »Und nun?«

Olli schaute hinunter und schätzte ab, ob man runterspringen konnte.

»Vergiss es!«, sagte ich.

»Aber dein Fenster ist hoffentlich offen?«

»Ja«, versicherte ich ihm.

»Stimmt!«, sagte Olli. Er war zwei, drei Meter dichter an meinem Fenster dran als ich. »Ich höre deine Mutter. Sie ruft dich gerade von unten!«

»WAS?«

Wie konnte Olli nur so ruhig bleiben? Ich hatte keine Chance, rechtzeitig zu meiner Mutter in die Küche runterzukommen. Also würde sie in meinem und Doros Zimmer nachsehen und uns entdecken. Auf dem Dach hängend, in Doros Klamotten gezwängt! Was sollte ich nur tun?

»Am besten Ruhe bewahren!«, riet Olli mir. »Deine Mutter weiß doch gar nicht, dass wir zu Hause sind, oder?«

»Unsere Fahrräder stehen unten vor der Tür!«, sagte ich.

»Blöd!«, meinte Olli wieder nur.

Ja, allerdings!

Es half nichts: Ich musste versuchen, so schnell wie möglich in mein Zimmer zu kommen, mich dort umzuziehen und dann ins Erdgeschoss zu laufen, ehe meine Mutter hinaufkam. Nie und nimmer würde ich das schaffen. Aber ich hatte keine andere Wahl.

»Übrigens«, sagte Olli, immer noch seelenruhig. »Unsere Klamotten liegen noch in Doros Zimmer.«

Verdammt, er hatte recht! Wir hatten uns ja dort umgezogen. Ein Wunder, dass Doro sie nicht entdeckt hatte! Kurzum, wir waren geliefert.

»Deine Mutter ruft immer noch«, teilte Olli mir mit. »Du sollst runterkommen.«

»Sehr witzig!«, kommentierte ich. »Wie soll ich das denn machen?«

»Schau mal!« Olli zeigte hinunter in unseren Garten. Magdalena ging auf ihren Wagen zu. Kurz hinter ihr folgten meine Mutter und Doro.

»Hä?«, wunderte ich mich. Wieso sollte ich hinunterkommen, wenn die beiden gerade draußen waren und gemeinsam mit Magdalena zu ihrem Auto gingen? Was wollten die überhaupt dort? Egal, das war unsere Chance.

»Schnell!«, sagte ich zu Olli. »Wir müssen in mein Zimmer, solange die noch draußen sind.«

Olli verstand und krabbelte voran. Das war nicht so einfach ohne Regenrinne. Einmal rutschte ich mit dem Fuß ab und dachte schon, ich hätte eine Dachpfanne aus ihrer Verankerung gerissen. Aber zum Glück hatte ich mich getäuscht. Die Pfanne saß noch fest. Ich sah noch einmal hinunter in den Garten. Da schaute Doro gerade zu uns hoch. Schnell presste ich mich so flach wie möglich aufs Dach, während Olli schon mein Fenster erreichte.

»Wo bleibst du denn?«, zischte er.

»Doro!«, gab ich leise zurück. »Sie guckt gerade her!«

Olli schaute hinunter.

»Nee!«, gab er Entwarnung. »Jetzt nicht mehr. Die holen was aus dem Wagen.«

Ich blickte wieder hinunter und sah, wie meine Mutter und Magdalena irgendetwas Großes, Langes von der Rückbank zogen. Es war eingewickelt. Was war das?

»Was ist jetzt?«, drängelte Olli. »Mach schon!«

Ich besann mich wieder darauf, möglichst schnell vom Dach fortzukommen, und krabbelte an den Dachpfannen entlang bis zu meinem Fenster. Olli war schon in mein Zimmer gesprungen und hatte einen Stuhl von innen davorgeschoben. Er stieg darauf, lehnte sich aus dem Fenster und zog mich rein. Mit einem verunglückten Purzelbaum krachte ich in mein Zimmer und landete hart auf meinem Rücken. Ein stechender Schmerz durchzuckte meinen Körper. Ich jaulte auf.

»Keine Zeit zum Jammern!«, sagte Olli. »Los, unsere Klamotten!«

Er hatte recht. Wir mussten ja noch schnell rüber in Doros Zimmer rennen, um unsere Kleidung zu holen.

Ich rappelte mich auf, stellte mich auf Zehenspitzen und warf noch schnell einen Blick aus dem Dachfenster. Unten sah ich meine Mutter und Magdalena das längliche Ding hereintragen. Doro hüpfte fröhlich hinterher. Es war also noch zu schaffen.

»Los!«, gab ich das Startkommando.

Wir flitzten rüber und schnappten uns unsere Klamotten. Ich wollte noch schnell Doros Reitbekleidung loswerden und bei ihr im Zimmer lassen. Doch Olli meinte, die bräuchten wir noch. Also düsten wir, so wie wir waren, in höchstem Tempo zurück in mein Zimmer. Dort rissen wir uns Doros Sachen von den Leibern, schlüpften in unsere und verstauten ihre Klamotten schnell unter meinem Bett.

Wieder kam der Ruf von meiner Mutter. »Ricky! Wo bleibst du denn?«

»Jahaaa!«, rief ich zurück. »Ich komme.«

Schnell noch ein Blick in den Spiegel, um

sicherzugehen, dass wir nichts Verdächtiges mehr an uns trugen. Dann liefen wir beide die Treppe hinunter, wo meine Mutter mit Doro und Magdalena auf uns wartete.

Ich nickte zart zu einer höflichen Begrüßung. Olli behielt Magdalena argwöhnisch im Auge, als ob er jede Sekunde damit rechnete, dass sie sich in das Ungeheuer Medusa verwandeln und uns mit ihrem Blick zu Stein verwandeln würde. Doch was dann folgte, war fast noch schlimmer.

»Schau mal!«, forderte meine Mutter mich mit einem breiten Lächeln auf. »Ich hatte dir doch erzählt, wie sehr mir die Skulpturen in Magdalenas Friseursalon gefallen. Da hab ich mir eine bestellt. Sieh mal!«

Das lange Ding stand zwischen Magdalena und meiner Mutter und war in Packpapier eingewickelt. Das begann meine Mutter nun von oben einzureißen.

Mir stockte der Atem. Meine Mutter würde doch nicht …?

»Dass das so schnell ging!«, freute sich meine Mutter. »Ich hätte wirklich gedacht, an so einer Statue arbeitet eine Bildhauerin mehrere Wochen!«

»Ich habe da so meine spezielle Arbeitsweise«, antwortete Magdalena, als wäre sie eine schüchterne junge Frau.

Olli und ich kannten ihre Arbeitsmethode! Magdalena modellierte die Figuren nicht mühsam mit Hammer und Meißel. Sie verwandelte menschliche Wesen mit ihren Blicken innerhalb von Sekunden in Stein. Ein 3-D-Drucker war nichts dagegen.

Meine Mutter riss nun vollends das Packpapier ab. Zum Vorschein kam – unser Briefträger!

»Ist das nicht witzig?«, fragte meine Mutter. Sie strahlte vor Freude. »Die Figur sieht genauso aus wie unser Herr Dümpel! Ich stelle sie vorn in den Garten, gleich neben den Briefkasten. Der wird staunen!«

›Der hat schon gestaunt!‹, dachte ich. ›Und dabei zu lange in die falschen Augen geschaut.‹

Magdalena grinste Olli und mich an. Wir beide verstanden sofort. Dieses Lächeln war eine Drohung. Wenn wir nur ein Sterbens-wörtchen sagten, würden wir unserem Brief-träger bald Gesellschaft leisten.

Meine Mutter schaute Olli und mich an. »Könntet ihr mal bitte kurz mit anfassen, um die Statue rauszustellen?«

»NEIN!«, schoss es spontan aus mir heraus, während Olli nur entsetzt guckte und schlu-cken musste. Dann drehten wir uns auf dem Absatz um und rannten wie die Gejagten hi-nauf in unser Zimmer. Ich knallte die Tür hinter mir zu und hörte nur noch gedämpft meine Mutter, die wissen wollte, was los war. Natürlich konnten wir ihr das nicht erzählen, weil sie es ohnehin nicht geglaubt hätte.

»Oh Mann!«, stöhnte ich. »Jetzt schleppt uns meine Mutter eine versteinerte Leiche nach Hause! Ich fasse es nicht!«

»Dir ist ja wohl klar, dass wir heute noch et-was unternehmen müssen«, sagte Olli.

»Aber du hast doch gesehen, wie sie uns gedroht hat. Mitten in unserem Haus! Die macht uns fertig, wenn wir noch mal ihren Laden betreten!«, wandte ich ein.

»Sie wird uns gar nicht erkennen«, versuchte Olli mich zu beruhigen und zeigte unters Bett, wo wir Doros Mädchenkleidung versteckt hatten.

Plötzlich war ich mir da gar nicht mehr so sicher.

»Und wenn doch?«

»Dann ist es für sie schon zu spät!«

Olli wirkte völlig siegessicher. Aber das tat er immer. Und wenn dann etwas schiefging, wusste er plötzlich selber nicht mehr weiter. Ich kannte das schon. Denn bisher war immer etwas schiefgegangen!

»Wir kommen immer nur mit großem Glück heil aus unseren Abenteuern raus«, erinnerte ich ihn.

»Na, siehst du!«, sagte Olli.

Ich verstand nicht. »Was meinst du mit ›Na, siehst du‹?«

»Wir sind immer heil rausgekommen. Hast du eben selbst gesagt!« Damit war für Olli die Sache erledigt.

›Tolle Logik!‹, dachte ich. Und schielte noch mal aus dem Fenster.

Meine Mutter hatte zusammen mit Magdalena den zu Stein gewordenen Briefträger im Garten aufgestellt. Noch immer war sie ganz entzückt und verabschiedete Magdalena entsprechend freudestrahlend.

Ich war mit den Nerven am Ende. Von nun an hatte ich Medusas Todesdrohung täglich direkt vor der Nase. Jeder Blick aus dem Fenster erinnerte mich daran: MEDUSA HAT DICH IM AUGE.

Verdammt!

Ich sah, wie meine Mutter und Doro der davonbrausenden Magdalena hinterherwinkten. Anschließend sprach Doro mit meiner Mutter und zeigte rüber zum Stall.

Prima! Ich wusste Bescheid.

»Meine Mutter geht mit Doro in den Stall. Wir haben freie Bahn«, teilte ich Olli mit.

»Okay, dann los!« Er rollte sich unters Bett und zog die Klamotten hervor. »Wir ziehen uns im Wald um«, schlug er vor. »Dort sind wir sicher und kommen so schneller weg von hier!«

Mir war es recht. Schnell stopften wir die Sachen in meinen Rucksack. Dann liefen wir hinaus, schnappten unsere Räder und düsten los, etwa bis zur Mitte des Waldes. Dort hielten wir an und zogen uns um.

Mindestens zehnmal drehte ich mich dabei zu allen Seiten um. Hoffentlich sah uns keiner. Obwohl das für mich nicht so schlimm gewesen wäre. Ich steckte in Reitkleidung, die mir sogar fast passte. Olli hingegen sah katastrophal aus. Seine stämmigen Beine lugten unter dem viel zu kleinen und engen Tütü hervor. Dazu das Kopftuch, das seinen kahlen Schädel bedeckte, die dunkle Sonnenbrille und die beim Lachen deutlich sichtbare Zahnlücke. Ich konnte mir nicht helfen, aber niemand auf

der ganzen Welt würde Olli in diesem Aufzug für ein Mädchen halten.

Olli war da natürlich ganz anderer Meinung. Er baute sich vor mir auf, machte ein paar Handbewegungen, die er für mädchentypisch hielt, klimperte mit den Wimpern und fragte mit verstellt hoher Stimme: »Na, wie sehe ich aus?«

»Furchtbar!«, antwortete ich ehrlich.

»Prima!«, fand Olli. Er wusste ja, dass wir Mädchen in Ballettkleidchen furchtbar fanden. Olli glaubte also, dass er täuschend echt wie ein Mädchen wirkte. Aber so hatte ich das natürlich nicht gemeint.

»Dann wollen wir mal!«, sagte er, wieder mit normaler Stimme.

Ich seufzte und gab jeden Widerstand auf. Ich folgte Olli und wusste: Wir gingen unserem Verderben entgegen.

Angriff

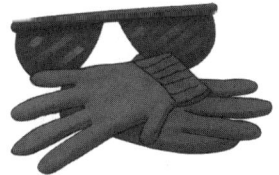

»Nicht zu lange nachdenken«, mahnte Olli. »Einfach rein und los!«

Das war wieder typisch Olli. Er wischte alle möglichen Gefahren mit einer Handbewegung beiseite. Ich hingegen dachte *nur* an die Gefahren! Entsprechend wankte ich mit weichen Knien Olli hinterher.

Olli öffnete leise die Tür des Friseurladens. Lächelnd stellte er fest, dass die Türglocke noch immer defekt war.

»Super!«, flüsterte er. »Vielleicht können wir sie wieder im Schlaf überraschen.«

Auf Zehenspitzen schlichen wir hinein. Die Tür schnappte hinter uns leise ins Schloss.

Der Salon kam mir noch dunkler vor als sonst. Die schweren Vorhänge vor den Schaufenstern ließen keinen Lichtschimmer durch. Im Laden war sämtliches Licht ausgeschaltet. Lediglich die Lämpchen der Aufladegeräte für die Haarschneidemaschinen beleuchteten den Raum mit schwachem blauem Licht.

»Gib mir mal den Spiegel«, bat Olli mich.

»Welchen Spiegel?«, fragte ich.

Olli drehte sich zu mir um und zeigte an sich herunter. »Verkleidung als Tarnkappe, leichte Schuhe wie geflügelt, jetzt fehlt nur noch der Spiegel. Du hast doch einen Spiegel in deinen Rucksack gepackt?«

»Ich? Nö! Welchen Spiegel denn? Ich hab gar keinen, den man einpacken kann«, verteidigte ich mich. »Und wieso überhaupt ich?«

»Na, weil wir bei *dir* zu Hause waren und es *dein* Rucksack ist«, erklärte Olli. »Das ist doch wohl logisch!«

»Aha!«, sagte ich. Ich fand das überhaupt nicht logisch.

Olli brach die Debatte ab. »Mist, jetzt haben wir keinen Spiegel! Wir dürfen ja Medusa nicht in die Augen schauen. Perseus hat sie deshalb mithilfe seines Spiegelschilds beobachtet. Ihr Blick konnte ihn über den Spiegel nicht versteinern.«

»Nicht?«, fragte ich zurück. »Aber dann kann sie sich ja gar nicht selbst versteinern, wenn sie in den Spiegel schaut. Ich dachte, genau das wäre unser Plan!«

»Hast recht!«, sagte Olli. »Das geht nicht. Dann hab ich das nur in einem Film gesehen. Es stimmt aber mit der Sage nicht überein!«

»WAS?«, quiekte ich auf, hielt mir jedoch schnell die Hand vor den Mund. »Was?«, wiederholte ich nun deutlich leiser. »Soll das heißen, wir sind hier gerade eingedrungen, um Medusa anzugreifen, haben aber gar keine Waffe, um sie zu besiegen?«

»Sieht so aus«, gab Olli zu.

»Ich bin doch nicht verrückt! Raus hier!«, rief ich.

Ich drehte mich um, öffnete die Ladentür und ... Verdammt! Medusa – noch in Gestalt der Friseurin Magdalena – fuhr gerade mit ihrem Wagen vor. Ich schlug die Tür zu, denn ich glaubte, sie hatte mich noch nicht gesehen.

»Verflucht!«, schimpfte ich. »Wir waren vor ihr hier! Daran hätten wir aber auch denken können. Jetzt können wir nicht mehr weg!«

»Okay«, sagte Olli.

»Was bitte schön ist daran okay?« Ich war kurz vor dem Ausrasten. »Was tun wir denn jetzt?«

Olli sah an sich herunter.

»Vergiss es«, sagte ich. »Nie und nimmer wird uns die Verkleidung schützen.« Davon war ich zutiefst überzeugt.

Wir hörten draußen die Autotür zuschlagen.

»Versteck du dich, ich komme gleich nach!«, sagte Olli.

»Was hast du vor?«, wollte ich wissen.

Doch Olli wiederholte nur: »Los, versteck dich!«

Ich schaute mich verzweifelt um. »Wo denn?«

»Hinterzimmer!«, sagte Olli und trat an einen der großen Spiegel heran, die an den

Wänden hingen. Sie waren immer noch so beschlagen, dass man nichts in ihnen sehen konnte. Olli riss sich das Tuch vom Kopf und begann, den Spiegel sauber zu wischen.

»Was tust du denn da?«, fragte ich.

»Bin gespannt, wie sie reagiert, wenn sie in die Spiegel schaut!«, rief Olli mir zu.

»Bin gespannt, wie du in Stein aussiehst«, sagte ich. »Sie kommt jede Sekunde herein. Nun los!«

Olli wischte noch schnell zwei Spiegel sauber.

Ich verschwand ins Hinterzimmer, sah mich um und entdeckte zum Glück einen Kleiderschrank. Nicht allzu breit, aber groß genug, dass ich darin Platz finden konnte. Ich öffnete die Tür und … schrak zurück! Im Schrank stand ein versteinerter Blumenverkäufer, noch mit einem zu Stein gewordenen Strauß Rosen in der Hand!

Gleichzeitig öffnete sich die Ladentür. Olli kam nach hinten zu mir. Vorn betrat Magdalena den Laden.

»Sieh dir das an!« Ich zeigte auf den Steinmann im Schrank.

Doch Olli sah nicht hin, sondern beobachtete stattdessen durch den Türvorhang, wie Magdalena reagierte.

Sie reagierte überhaupt nicht. Sie nahm ihr Piratentuch vom Kopf. Und als hätte man den Korb eines Schlangenbeschwörers geöffnet, schoss ein Bündel Schlangen aus ihrer Schädeldecke heraus. Sie legte ihre Sonnenbrille ab und ihre glühenden Augen wurden sichtbar.

Olli wandte schnell den Blick ab. Magdalena streifte ihre Jacke vom Körper und zwei riesige schwarzbraune Flügel entfalteten sich auf ihrem Rücken. Dann erst erkannte sie, dass drei ihrer Spiegel sauber waren. Ihr Mund öffnete sich, sodass ihre großen, gefährlichen Eckzähne sichtbar wurden. Es schnellte eine unendlich lange, schmale, dunkelrote Zunge heraus, begleitet von einem schlangenähnlichen Zischen, so laut wie das Fauchen einer Raubkatze.

Medusa, in die Magdalena sich nun wieder vollständig verwandelt hatte, ging einen Schritt auf den Spiegel zu. Sie sah hinein, fauchte noch mal laut und feuerte einen blitzenden Blick auf den Spiegel ab. Der Spiegel zersprang in tausend Scherben.

Olli wich von dem Vorhang zurück und schlich zu mir.

»Du hattest recht«, flüsterte er. »Mit Spiegeln kann man sie nicht besiegen.«

»Na super!«, sagte ich. »Und jetzt?«

»Verstecken!«, sagte Olli. »Los, rein da!«

Jetzt erst entdeckte er den versteinerten Blumenverkäufer. Olli schreckte kurz zurück. Aber mit einem schnellen Blick zum Vorhang entschied er: »Egal! Rein da!«

»Egal?«, protestierte ich. Doch Olli schob mich in den Schrank, genau neben die stehende Steinleiche, schlüpfte dann selbst hinein und schloss die Tür hinter uns.

»Was …«, setzte ich zu erneutem Protest an. Doch Olli drückte mir seine Hand auf den Mund. Zu Recht. Denn jetzt hörten wir, wie Medusa das Hinterzimmer betrat. Sie schien einen Fuß hinterherzuziehen, was sie als Magdalena nicht tat. Jedenfalls hörte es sich so an.

Unser Stündlein war gekommen. Daran hatte ich keinen Zweifel mehr. Medusa suchte nach dem Eindringling, der ihre Spiegel sauber gewischt hatte. Und gleich würde sie fündig werden. Sie brauchte nur den Schrank zu öffnen und schon hatte sie uns. Ein Blick von ihr genügte, und wir würden zu Stein werden wie der Blumenverkäufer, dessen Steinrosen mir in die Seite piekten.

Ich spürte, wie Olli den Atem anhielt. Gute Idee, dachte ich und hörte ebenfalls auf zu atmen. Durch den schmalen Spalt der beiden Schranktüren hindurch konnte ich Medusa sehen. Ihre Zunge züngelte wie die einer Schlange. Ihre glühenden Augen leuchteten den dunklen Raum ab, als hätte sie Taschenlampen in ihren Augenhöhlen. Dazu ein leises, aber bedrohliches Zischeln.

Jetzt drehte Medusa langsam, gaaanz langsam ihren Kopf zum Kleiderschrank, in dem wir uns versteckten. Ich sah sie durch den Schlitz – und drehte schnell meinen Kopf weg. Auf keinen Fall durfte ich Medusa in die Augen schauen. Obwohl sie uns noch nicht versteinert hatte, erstarrten Olli und ich vor Angst.

Sie kam näher, das spürte ich.

›Nicht!‹, dachte ich. ›Bitte, bitte nicht!‹

Vielleicht hatten wir Glück und es betrat gleich ein Kunde den Friseurladen und lenkte sie von uns ab. Aber wir hatten kein Glück. Wir hörten, wie ihre Hände, die wie ihr Gesicht mit Echsenhaut überzogen waren, sich an den Griffen der Schranktüren zu schaffen machten und langsam die Doppeltür aufzogen.

Olli reagierte schnell. Während sich die Türen öffneten, band er sich rasch wieder sein Kopftuch um.

Und dann stand Medusa vor uns!

Ich blickte zur Seite, Olli nach unten. Bloß nicht in die Augen schauen. Doch schon überkam mich wieder dieser innere Drang, sie trotzdem anzuglotzen. Aber ich durfte das nicht. Auf keinen Fall! Es würde mein Verderben sein!

»Schönen guten Tag!«, säuselte Olli in seiner hohen Mädchenstimme. Wäre unsere Situation nicht so aussichtslos und lebensgefährlich gewesen, man hätte glatt loslachen können.

Medusa schien tatsächlich für einen Moment verwirrt. So als könnte sie uns nicht richtig erkennen.

In dem Moment kam mir eine Idee! Vielleicht trübten ihre glühenden Augen ihre Sehschärfe. Jedes Mal, wenn sich die Pupillen rot verfärbten und zu gefährlichen Waffen wurden, konnte sie vielleicht nicht mehr so gut sehen! Beim ersten Mal, als sie uns Blitze hinterherschoss, hatte sie uns ja verfehlt. Und jetzt schien sie ebenfalls verunsichert zu sein.

Auch Olli merkte, dass sein Täuschungsmanöver überraschenderweise erfolgreich war. Schnell setzte er es fort und piepste: »Ich bin zum Haareschneiden gekommen und hab nur die Toilette gesucht!«

Medusa schaute ihn an. Olli aber vermied es weiter konsequent, ihr in die Augen zu schauen. Medusa rückte näher heran. Für mich eine gute Gelegenheit: Solange sie mit Olli beschäftigt war, konnte ich einen Schritt aus dem Schrank heraus wagen und mich vorsichtig an ihr vorbeischleichen.

»Die Toilette ist unten!«, antwortete Medusa.

Mir schauderte es. Von Magdalenas weicher, samtener Harfenstimme war nichts mehr zu hören. Medusa klang wie das exakte Gegenteil: Ihre Stimme war tief, rau, krächzend und hallte wie ein Donnerschlag nach.

»Danke!«, piepste Olli und schlich ebenfalls langsam an Medusa vorbei. »Bin gleich wieder da!«

Beide standen wir nun hinter Medusa, die sich langsam nach uns umdrehte.

»Wo geht's denn runter?«, piepste Olli.

Medusa streckte ihren Echsenarm aus und zeigte in den Vorraum.

»Danke!«, wiederholte Olli und nickte mir zu, dass ich vorgehen sollte. Schon hatten wir den Vorhang erreicht und schlüpften hindurch.

»Moment mal«, sagte Medusa.

Wir blieben vor Schreck stehen, als hätte Medusas Blick uns bereits getroffen. Doch noch immer gelang es uns, woanders hinzuschauen, auch während sie mit uns sprach.

»Ich hab euch doch schon mal gesehen«, sagte Medusa.

»Ja?«, piepste Olli. »Äh … ich glaube nicht. Wir sind normalerweise bei City Haircut.«

Da verwandelte sich die hässliche, furchtbare Medusa plötzlich wieder in Magdalena, die freundliche hübsche Friseurin. Und das hieß: Sie konnte wieder normal gucken. Sofort hatte sie uns erkannt.

»Ricky und Olli!«, schimpfte sie. »Dachte ich es mir doch! Was habt ihr hier zu suchen?«

»Wir …!«, suchte ich nach einer Ausrede. Doch dann blieb mir der Satz im Halse stecken. Denn so schnell wie Medusa sich in Magdalena verwandelt hatte, so schnell machte sie ihre Verwandlung wieder rückgängig. Wir hätten noch nicht einmal Zeit gehabt, »Hilfe« zu rufen. Medusa stand mit weit geöffnetem Maul wie eine züngelnde Schlange vor uns und riss die glühenden Augen auf.

Olli reagierte schnell und instinktiv. Er schnappte sich zwei der Scherben des zerborstenen Spiegels und hielt sie sich wie eine Sonnenbrille vor die Augen. Dadurch schützte er sich vor ihrem Blick. Ich fand so schnell keine geeigneten Scherben. Da entdeckte ich ein paar Handspiegel in einem Regal, schnappte mir schnell einen und hielt ihn mir vors Gesicht.

Medusa sah sich darin und schreckte zurück.

›Wieso tut sie das?‹, fragte ich mich. Olli hatte doch herausbekommen, dass ihr das eigene Spiegelbild nichts ausmachte.

Ich griff nach einem zweiten Spiegel, den ich quer vor meinen Bauch hielt. Jetzt waren oben meine Augen geschützt, aber mit einem Blick nach unten in den zweiten Spiegel konnte ich Medusa beobachten. Sie züngelte, fauchte, kam aber nicht näher.

»Sie hat Angst vor den Spiegeln«, flüsterte ich Olli zu.

»Ist mir auch schon aufgefallen«, antwortete Olli. »Aber wieso?«

»Keine Ahnung!«, gab ich zu.

Irgendetwas war los mit ihr. Wovor fürchtete sie sich?

»Es wäre gut, das herauszubekommen, bevor sie uns mit ihrem Blitzstrahl grillt oder zu Stein werden lässt!«, sagte ich.

»Das sehe ich auch so«, pflichtete Olli mir bei. »Hast du eine Idee?«

Ich schüttelte den Kopf. »Nicht die geringste. Und du?«

»Natürlich!«, behauptete Olli. »Ich habe einen Plan.«

Ich war mir nicht ganz sicher, ob das eine gute Nachricht war.

Auge um Auge!

»Bei drei!«, sagte Olli und flitzte los, obwohl er noch nicht mal angefangen hatte zu zählen. Er lief die Treppe hinunter, über die es angeblich zu den Toiletten gehen sollte. Was sollte das? Im Keller gab es doch sicher keinen Ausgang. Er lief direkt in die Falle! Aber allein mit Medusa wollte ich auch nicht bleiben. Also rannte ich Olli hinterher.

Im Keller gab es natürlich keinen einfachen Flur, der zu einer Toilette führte. Dafür standen wir am Eingang eines Labyrinths, das aus Spiegeln bestand! Ich hatte doch gleich geahnt, dass wir in eine Falle liefen.

»Interessant!«, kommentierte Olli nur.

»Du willst jetzt aber nicht behaupten, dass du von diesem Labyrinth gewusst hast?«, meckerte ich.

»Nein!«, gab Olli zu. »Ich wollte zum Klo und dachte, mit den Spiegeln können wir sie überlisten. Aber Labyrinth ist noch besser!«

»Spinnst du?«, schimpfte ich. »Wenn wir dort hineinlaufen, sind wir verloren!«

»Glaub ich nicht«, widersprach Olli. »Aber Medusa vielleicht.«

»Hä?«

»Ich glaube nicht, dass sie selbst den Weg wieder hinausfindet«, sagte Olli. »Deswegen wird sie es nicht freiwillig betreten. Es sei denn, wir legen eine Spur für sie!«

Ich hatte keine Ahnung, wie er das anstellen wollte. Und eigentlich interessierte es mich auch nicht. Ich wollte so schnell wie möglich raus hier. Doch wir hörten Medusa schon von oben kommen. Uns blieb nur die Flucht nach vorn.

»Schnell um die nächste Ecke!«, entschied Olli. »Dort ziehen wir uns um.«

Was hatte er vor? Wieso sollten wir Zeit mit

Umziehen verschwenden? Bloß weil Olli nicht länger im rosafarbenen Tütü herumlaufen wollte? Als ich um die Ecke bog, hatte Olli bereits die Mädchenkleidung abgelegt.

»Schnell!«, forderte er mich auf. »Meinen Rucksack!«

Ich reichte ihn rüber. Olli riss seine Kleidung heraus und sprang förmlich in sie hinein. Dann pulte er sein Taschenmesser aus der Hosentasche und ritzte einen kleinen, kaum wahrnehmbaren Strich unten in das Glas des Spiegels.

»Sie sieht doch schlecht«, erklärte er.

Dann legte er sein Kopftuch auf den Boden des Wegs, der nach rechts führte.

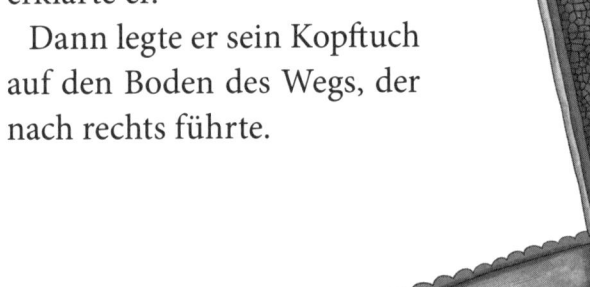

»Warte hier!«, sagte er.

»Sie kommt gleich!«, warnte ich.

Olli drückte mir sein Messer in die Hand. »Geh weiter, den linken Weg. Ritze bei jeder Gabelung einen solchen Schlitz in die Spiegel.«

»Okay!«

Ich lief nach links, während Olli nach rechts ging und alle paar Meter die Mädchenkleider verteilte. Er musste sich beeilen. In wenigen Sekunden hatte er fünf oder sechs Kleidungsstücke platziert und damit für Medusa eine falsche Fährte gelegt. Dann eilte er anhand der ausgelegten Kleidung zurück bis zum Ausgangspunkt und folgte den eingeritzten Markierungen, die ich hinterlassen hatte. Als wir hörten, dass Medusa im Keller ankam, war Olli längst bei mir.

Er legte den Finger auf den Mund. Still warteten wir ab, ob Medusa auf die falsche Fährte hereinfallen würde. Ich hoffte es so sehr! Denn für mich war klar: Sobald Medusa weit genug in ihr eigenes Labyrinth hineingegangen war, konnten wir zum Ausgang hinaufflitzen, raus aus dem Friseurladen und ab nach Hause in Sicherheit!

Medusa blieb aber offenbar an unserem Ausgangpunkt stehen. Durchschaute sie unseren Trick? Hatten wir sie unterschätzt und sie würde sich nach links aufmachen, um uns zu folgen? Im Moment machte sie keines von beidem. Weder ging sie nach links noch nach rechts.

»Mist!«, fluchte ich leise. »Sie wartet, bis wir herauskommen. Und irgendwann müssen wir das tun, wenn wir nicht verdursten wollen. Daran haben wir nicht gedacht!«

»Sie wartet nicht!«, vermutete Olli. »Sie zögert. Irgendetwas macht ihr an den Spiegeln zu schaffen. Und das gesamte Labyrinth besteht aus Spiegeln!«

»Aber wieso?«, fragte ich mich. »Es ist doch ihr Labyrinth. Wieso baut sie es mit Spiegeln, wenn sie Probleme damit hat?«

»Vielleicht stammt es gar nicht von ihr, sondern von ihren Schwestern?«, überlegte Olli. »Aber wie gesagt: Wir sollten herausbekommen, weshalb die Spiegel sie unsicher machen.

Im Friseursalon waren die Spiegel ja alle verstaubt, sodass man nicht hineinsehen konnte.«

»Aber du hast es doch ausprobiert. Es machte ihr nichts aus, in den Spiegel zu schauen!«, erinnerte ich ihn.

Olli nickte. »Das stimmt. Trotzdem ist da was. Sie hat Angst vor den Spiegeln. Oder zumindest Respekt.«

»Hörst du?«, fragte ich. »Ich glaube, sie kommt hierher. Trotz der Spiegel. Sie hat sich für links entschieden.«

Olli horchte. »Bist du sicher? Vielleicht ist sie doch nach rechts gegangen.«

»Nein!« Ich war mir sicher. »Sie kommt hierher. Das höre ich ganz deutlich. Beim Hören gibt es ja kein spiegelverkehrt. Ich kann also links und rechts nicht verwechseln.«

Olli starrte mich an.

»Was hast du?«, fragte ich. Gleichzeitig hörte ich, wie die zischende Medusa sich näherte.

»*Das* könnte es sein!«, hauchte Olli.

»Was meinst du?«, drängelte ich.

Doch da sahen wir Medusa bereits in einem der Spiegel auftauchen.

»Ich glaube, ich habe das Geheimnis der Spiegel gelöst!«, sagte Olli. »Aber erst müssen wir von hier weg. Tiefer ins Labyrinth hinein. Komm!«

Olli lief los. Ich hinterher. Und hoffte, dass Olli wirklich wusste, was mit Medusa und den Spiegeln los war.

Obwohl wir in Eile waren, vergaß Olli nicht, bei jeder Abzweigung in die Spiegel zu ritzen. Als wir um drei Ecken und zwei Gabelungen gelaufen waren, hielt er an und sagte: »Hier ist eine gute Stelle!«

»Wofür?«

»Um einen Spiegel aus der Wand zu lösen und hier hinzustellen!« Er zeigte auf einen Spiegel weiter hinten. »Den können wir nehmen.«

»Wie sollen wir den denn verschieben? Die Spiegel sind doch …«

»… nicht festgenagelt, sondern nur in einen Rahmen geschoben«, sprach Olli meinen Satz weiter. »Hier, siehst du?«

Olli drückte gegen einen Spiegel und konnte ihn tatsächlich nach rechts aus dem Rahmen schieben. »Das geht ganz leicht!«

»Okay«, stimmte ich ihm zu. »Aber was willst du mit dem Spiegel machen?«

»Dorthin stellen!«, befahl Olli.

Wir trugen den Spiegel zu der Stelle, die Olli mir gezeigt hatte, und stellten ihn so aufrecht hin, wie es durch Anlehnen möglich war.

»Jetzt geh mal zurück zur Gabelung«, wies er mich an.

»Und wenn da gleich Medusa um die Ecke kommt?«, wandte ich ein.

»Das hoffe ich doch sehr!«, sagte Olli. »Vertrau mir und mach.«

Ich lief zurück zur Gabelung und drehte mich wieder zu Olli um.

»Und jetzt?«

»Heb mal deinen rechten Arm!«, rief Olli mir zu.

Ich hob ihn. »Na und?«

»Was siehst du in dem Spiegel, den wir gerade hierhergestellt haben?«

»Mich natürlich!«

Ich verstand nicht. Was sollte das? Jeden Moment konnte Medusa hier auftauchen!

»Und deinen Arm?«

»Ja, den natürlich auch!« Ich hielt ihn immer noch in die Höhe.

»Welchen?«, fragte Olli.

»Na, natürlich den …!«

Ich stutzte. Jetzt erkannte ich, worauf er hinauswollte. Mein Spiegelbild war plötzlich nicht mehr spiegelverkehrt! Auch mein Spiegelbild hob den rechten Arm statt den linken.

»Wie ist das möglich?«, fragte ich staunend.

»Dein Blick geht nicht direkt auf diesen Spiegel, sondern über den Spiegel da vorn. Doppelte Spiegelung hebt das Seitenverkehrte auf! Kannst wieder herkommen!«

Das ließ ich mir nicht zweimal sagen. Ich flitzte zurück.

»Aber was haben wir davon?«, fragte ich.

»Ich vermute, Medusas Blick aus dem Spiegel kann einem nichts antun, weil er spiegelverkehrt ist. Aber wenn er doppelt gespiegelt wird, ist er wieder richtig. Dann macht er einen zu Stein, auch sie selbst. Deshalb hat sie Respekt vor Spiegeln. Und deshalb waren auch oben die Spiegel blind gemacht. Sie hatte Angst, versehentlich in zwei Spiegel zu schauen …«

»Pst, sie kommt!«, unterbrach ich ihn.

Da sahen wir, wie sich Medusas furchtbarer Schlangenkopf mit den rot glühenden Augen langsam um die Ecke schob. Über einen anderen Spiegel konnten wir sie beobachten.

»Jetzt!«, rief Olli.

Ich wusste nicht, was er meinte. Olli sprang todesmutig aus unserer Deckung und stellte sich vor den losen Spiegel, den ich von hinten zur Sicherheit noch zusätzlich festhielt, weil er nur mit einer Kante an die Wand angelehnt war.

»Hier sind wir!«, rief Olli und winkte Medusa zu.

Fassungslos sah ich mir das alles an. Olli war jetzt völlig irre geworden!

Medusa schoss einen Blitz aus ihren Augen ab. Olli warf sich zu Boden. Der Blitz landete nacheinander in beiden Spiegeln und wurde seitenrichtig zurückgeworfen.

Ein Schrei hallte durch das Labyrinth, so schrill und furchtbar, wie ihn nicht einmal Doro hinbekommen hätte. Ein Geruchsmix aus Verbranntem und nassem Beton zog durch die Gänge. Und dann sahen wir Medusa am Anfang des Ganges: zu Stein erstarrt wie eine Statue in einem Museum. Die Augen und der Mund noch aufgerissen, die Zunge steif heraushängend, ihre großen Eckzähne gut sichtbar.

»Das war's!«, sagte Olli.

Er stand auf und ging langsam und vorsichtig auf Medusa zu. Er betrachtete sie eingehend und stupste sie an. Augenblicklich zerfiel Medusa unter seiner Hand zu Staub. Von dem gefährlichen Ungetüm blieb nichts weiter übrig als ein kleiner Haufen Betonmehl.

»Wow!«, sagte ich ehrfürchtig.

Ich musste zugeben, das hatte Olli grandios gemacht. Aber …

»… es hätte auch schiefgehen können«, sagte ich.

»Ist es aber nicht.« Olli grinste mich an. »Ich sag doch: In so etwas kenne ich mich aus.«

»Nee, is klar!«

Wir stiegen die Treppe hinauf in den Friseursalon und erlebten dort eine Überraschung, auf die nicht einmal Olli gekommen wäre. Die beiden Statuen waren verschwunden. Stattdessen standen der Handelsvertreter und der Obdachlose mitten im Raum und schauten etwas verwirrt, als sie uns sahen.

Bis uns der Handelsvertreter fragte: »Hallo Jungs. Ist hier niemand, der einen bedient? Wisst ihr das?«

Olli antwortete geistesgegenwärtig: »Ist geschlossen wegen Urlaub. Meine Mutter macht hier nur sauber, die ist gerade unten.«

»Ah«, sagte der Handelsvertreter mürrisch. »Dann macht doch draußen mal ein Schild an. Man steht sich hier ja die Beine in den Bauch.«

Dann drehte er sich um und verließ den Friseurladen. Der Obdachlose erkannte, dass hier keine Spende zu holen war, und kehrte ebenfalls um, verabschiedete sich allerdings noch höflich.

Olli und ich sahen ihm nach. Und erkannten, dass die beiden Statuen vor der Tür fehlten.

»Offenbar sind sie wieder zum Leben erweckt worden, als Medusa selbst zu Stein wurde«, sagte ich. »Das hat vermutlich den Bann gebrochen.«

»Stark!«, fand Olli.

Ich musste an den Briefträger bei uns zu Hause denken. Meine Mutter würde sicher glauben, jemand hätte ihr die tolle Statue aus dem Garten gestohlen. Wenn Herr Dümpel uns das nächste Mal die Post brachte, würde niemand ahnen, dass er sein Leben nur uns zu verdanken hatte: Olli und mir, den Schattenjägern!

Mehr über Medusa

Medusa ist eine Figur aus der griechischen Sagenwelt. Sie hatte zwei Schwestern: Stheno und Euryale. Die drei Schwestern waren Ungeheuer und hausten jenseits des Ozeans, in der Nähe des Totenreiches. Sie konnten furchtbar brüllen, weswegen man sie auch Gorgonen nannte. Das heißt so viel wie »die donnergleich Brüllenden«.

Auf dem Kopf wuchsen ihnen Schlangen statt Haare und aus dem Rücken riesige Flügel. Wer immer sie anschaute oder wen die Blitze aus ihren Augen trafen, der erstarrte zu Stein.

In späteren Versionen der Medusa-Sage bekam Medusa eine Vorgeschichte: Demnach war sie ursprünglich eine wunderschöne Frau, in die sich der Meeresgott Poseidon verguckte. Eines Tages überraschte die Göttin Pallas Athene die beiden in einem ihrer Tempel. Darüber wurde sie so zornig, dass sie Medusa in ein Ungeheuer mit Schlangenhaaren, langen Eckzähnen, Schuppenpanzer, glühenden Augen und heraushängender Zunge verwandelte.

Medusa war die einzige sterbliche Gorgone. Aber bisher hatte niemand es geschafft, sie zu besiegen.

Hier kommt der junge Held Perseus ins Spiel. Den wollte sein Stiefvater, der König Polydektes, loswerden. Und so überredete er Perseus, der Medusa das Haupt abzuschlagen. Polydektes glaubte, dass Perseus nie von seiner Reise zurückkehren würde.

Aber Perseus hatte eine mächtige Verbündete, denn er war der Halbbruder der Göttin Pallas Athene. Diese schenkte ihm einen verspiegelten Schild. Damit konnte Perseus sich Medusa nähern, ohne ihr direkt in die Augen zu schauen. Außerdem erhielt Perseus eine Tarnkappe und Flugsandalen.

Nach langer Reise fand Perseus die schlafende Medusa. Er näherte sich ihr mithilfe des Spiegelschilds und schlug ihr das Haupt ab. Ihrem Körper entsprangen daraufhin Pegasus, ein weißes Pferd mit Flügeln, und Chrysaor, ein Riese.

Medusas Schwestern Stheno und Euryale verfolgten Perseus. Doch der konnte mithilfe der Tarnkappe und Flugsandalen fliehen. Das Haupt der Medusa übergab Perseus Athene, die es von da an auf ihrem Schild trug.

Inhalt

Andreas Schlüter wurde 1958 in Hamburg geboren. Bevor er mit dem Schreiben von Kinder- und Jugendbüchern begann, leitete er mehrere Jahre Kinder- und Jugendgruppen und arbeitete als Journalist und Redakteur. Mit dem ersten Band der Erfolgsserie »Level 4« gelang ihm 1994 der Durchbruch als Schriftsteller. Neben Kinder- und Jugendbüchern schreibt er auch Drehbücher, u. a. für den Tatort und krimi.de. Andreas Schlüter arbeitet in Hamburg und auf Mallorca.
Mehr auf www.schlueter-buecher.de

Monika Parciak wurde in Danzig geboren und wuchs im kleinen Neuss in Nordrhein-Westfalen auf. Nach ihrer Ausbildung zur Gestaltungstechnischen Assistentin (GTA) und etwas gesammelter Berufserfahrung studierte sie an der FH Düsseldorf Kommunikationsdesign. Seitdem arbeitet sie freiberuflich als Illustratorin und Grafikdesignerin.

Die Schattenjäger ist eine Fortführung der
Reihe *Grusel garantiert*, erschienen im
Carlsen Verlag, Hamburg.

TULIPAN-Newsletter
Tolle Lesetipps kostenlos per E-Mail!
www.tulipan-verlag.de

© Tulipan Verlag GmbH, München 2016
Alle Rechte vorbehalten
1. Auflage 2016
Text: Andreas Schlüter
Bilder: Monika Parciak
Lektorat und Redaktion: Angela Mense
Layout und Satz: www.lenaellermann.de
Umschlaggestaltung: www.anettebeckmann.de
Druck: GGP Media GmbH, Pößneck
ISBN 978-3-86429-265-1

Mehr Gruselspaß mit den Schattenjägern!

€ 10,00 (D)/€ 10,30 (A) • ISBN 978-3-86429-290-3

Ricky und Olli sollen beim Apotheker Frank N. Stein ein Medikament besorgen. Da hören sie aus seinem Keller ein entsetzliches Stöhnen. Liegt dort etwa jemand mit einem Messer im Rücken? Heimlich schleichen sich die beiden Schattenjäger in die finstere Unterwelt des Apothekers. Und machen eine unheimliche Entdeckung.

Ein schaurig-schönes Lesevergnügen!